KB248445

서문문고
253

악의 꽃들

보들레르 지음
김 인 환 옮김

서 문

19세기에 들어서면서 프랑스는 나폴레옹에 의하여 제정에서 왕정으로 넘어오다가 혁명에 의하여 공화정부가 수립되었으나, 또다시 왕정으로 바뀌면서 문학계에서도 그러한 사회적 혼미를 반영하여 여러 가지 주의주장이 서로 엇갈리는 양상을 띠게 되었다.

서정적인 경향의 물결이 밀려들면서 시문학사상 처음으로 라마르틴, 위고, 비니, 뮈세의 낭만주의 시가 문단을 휩쓸었다. 그러나 오랫동안 이성적인 고전주의 경향에 젖어 있던 프랑스 문학은 너무나 주관적인 문학에 차츰 싫증을 느끼면서 르콩트 드 릴과 고티에에 의하여 감정이 초연하고 조형미의 창조에 몰두하는 고답파의 시가 시단의 주류를 이루게 되었다.

그와 동시에 고답파의 미학에 찬동을 표하면서도 시는 무엇보다 인간 내면의 비극을 묘사하여야 한다고 주장하는 시인이 있었으니, 그가 바로 보들레르이다. 그리하여 베를렌, 랭보, 말라르메 등의 시인들은 보들레르의 뒤를 이어 시문학사상 가장 중요한 흐름인 상징주의 시를 확립했다. 따라서 보들레르는 근대시의 선구자

로서 뿐만 아니라, 시문학사상 가장 위대한 시인으로 간주되고 있다.

보들레르는 해박한 지식과 높은 심미안을 가진 아버지와 매일 아침 산보를 하면서, 꿈과 예술에 관한 사랑을 갖게 되었다. 아버지가 돌아가신 것은 그가 여덟 살 때였다. 아버지가 사망한 다음해에 29세의 젊은 어머니가 유망한 청년 장교와 재혼하자, 그는 낙원을 잃은 정신적인 고독을 잊기 위하여 술과 아편, 그리고 여자를 가까이하게 되었던 것이다.

자신의 처지를 잊고 현실을 도피하고 싶었지만, 그러면 그럴수록 그에게 남는 것은 더 큰 허탈감과 권태, 그리고 고독뿐이었다. 그리하여 그는 자기의 느낌과 심정을 시로 나타내게 되었는데 그 중 그의 대표작이 곧 ≪악의 꽃들≫이다.

≪악의 꽃들≫에는 모두 세 가지 판이 있다. 첫째는 1857년에 간행된 초본, 둘째는 초판 시집 가운데에서 법원의 판결에 의하여 금지된 6편의 시를 제외하고 거기에 다시 32편의 시를 첨가하여 1861년에 간행된 재

판본, 셋째로는 보들레르가 사망한 후에 그와 가까웠던 시인 방빌과 고티에 등이 초판과 재판에 수록되지 않은 시들을 첨가하여 1868년에 간행한 제3판본이 있다.

역자가 택한 것은 제3판본을 바탕으로 하여 가장 권위 있는 텍스트를 구성한 플레아드판의 《악의 꽃들》이다. 역자는 1968년부터 보들레르 시를 강의하면서 틈틈이 번역한 것을 모아, 빠진 것을 보충하고 정리하였다. 《악의 꽃들》에 담긴 시를 하나하나 번역할 때마다 그의 세련된 시어와 완벽한 구성에 깊은 감명을 받았으며, 그의 정신적인 비극과 현대인의 정신 상황 사이에 깊은 연관성이 있음을 실감하였다.

여러 가지 어려운 여건 속에서 보통 문고본 분량이 넘는 《악의 꽃들》을 출간해 주신 서문당 최석로 사장님, 그리고 정성을 다하여 편집해 주신 편집부 여러분에게 감사를 드린다.

1976년 10월
신촌 연산서옥에서 김 인 환

차 례

우울과 이상/19

파리 풍경/159

술/207

완벽한 시인

프랑스 문학의 완전한 마술사
극히 친애하고 숭배하는
나의 스승이자 벗인
테오필 고티에에게 나는
대단히 겸손한 마음으로 바칩니다.
이 병든 꽃들을

독자에게

Au Lecteur

우둔함과 과오, 죄악과 인색에
마음이 얽매이고, 육신은 시달려
우리는 기른다 친근한 뉘우침을
거지들이 몸 속에 충(蟲)들을 살찌우듯

우리 죄는 완강하고, 회한은 비열한 것
참회의 값을 듬뿍 짊어지고
우리는 즐겁게 진창길로 되돌아온다
값싼 눈물에 우리네 온갖 때가 씻긴다 믿으며

악(惡)의 머리맡엔 마귀 트리스메지스트[1)]가
홀린 우리네 정신을 토닥거리고 오래 흔들어 재우니
우리의 의지라는 값비싼 금속마저
이 묘한 화학자 손에 모조리 증발된다

우리를 조종하는 줄을 잡고 있는 악마여!

---

1) 트리스메지스트는 그리스 사람들이 헤르메스 신이나 이집트의 토
   (Thôt) 신에게 붙인 별명. 헤르메스는 웅변·상업·도둑들의 신인
   동시에 여러 신의 사자(使者)였는데, 어렸을 때부터 장난꾸러기였
   다고 한다.

메스꺼운 사물에도 매혹되는 우리는
날마다 지옥을 향해 한 걸음씩 내려간다
두려움도 모르고 악취 풍기는 암흑을 가로질러

한물간 창녀의 몹시 찍힌 젖퉁이를
핥고 물고 빠는 가난한 탕아처럼
우리도 가는 길에 은밀한 쾌락을 훔쳐 내어
말라빠진 오렌지를 비틀듯 억세게 눌러 짠다

수백만 거위 벌레처럼 촘촘히 우글대며
한 떼거리 마귀가 우리네 골 속에서 흥청거리고
숨을 쉬면 죽음이 허파 속으로
보이지 않는 강물 되어 말없이 투정부리듯 흘러내린다

강간과 독약, 그리고 단도와 방화가
가련한 우리네 운명의 볼품없는 화폭을
익살맞은 데생으로 아직 수놓지 않았다면
아! 그것은 우리 영혼이 그만큼 대담하지 못한 탓이리!

그러나 승냥이, 표범, 암사냥개를
그리고 원숭이, 전갈, 독수리, 뱀들
우리네 악덕의 치사한 동물원에서
짖고, 악을 쓰고, 으르렁거리며, 기는 동물 중에서도

제일 더럽고 심술궂고 흉측한 녀석이 도사리고 있으니!
야단스레 쏘다니지도 아우성치지 않아도
기꺼이 대지를 산산조각 갈라 놓고
한 번의 하품으로 지구라도 삼키리

그 괴물이 바로 권태! 눈에는 막연히 눈물이 괸 채
수연통(水煙筒)[2] 피워 가며 단두대를 꿈꾼다
독자여, 그대도 알겠지, 다루기 힘든 이 괴물을
—위선자 독자여, —나의 동류(同類)—내 형제여!

---

2) 인도 사람들이 사용하는 일종의 담뱃대이다. 터키 사람들이 피우
   는 나르길레와 흡사한 것인데 향수를 담은 병을 거쳐 대롱으로 연
   기를 빨아들인다. 보들레르의 동시대 작가들은 이 후카(houka)를
   즐겨 피웠다.

우울과 이상

Spleen et Idéal

축 복

Bénédiction

전지전능하신 하나님의 점지를 받고
시인이 권태로운 세상에 태어났을 때
질겁한 어머니는 신을 모독할 마음 가득하여
주먹을 떤다. 가여워하는 신을 향하여

—아! 이 조롱거리를 기르기보단 차라리
독사 한 뭉치를 몽땅 낳고 말 것을!
내 뱃속에 속죄를 잉태한
덧없는 쾌락의 그 밤이 증오스럽구나!

한심스런 내 남편의 혐오거리가 되도록
그 많은 여자 중에 그대 나를 택했기에
오그라든 이 괴물을 연애 편지처럼
튀는 불꽃 속에 던져 버릴 수도 없구나

그대의 증오로 저주받은 연장 위로
나를 짓누르는 그 증오를 튀어오르게 하여
독기 품은 새싹이 돋아나지 못하도록
이 가련한 나무를 비틀어 놓으리라!

이리하여 그녀는 원한의 거품 삼키고
영원한 섭리도 알지 못한 채
스스로 지옥의 깊은 곳에다
어미의 죄값인, 화형 장작 더미를 준비한다

그러나 천사의 보이지 않는 보호 아래
폐적당한 그 아이는 태양에 도취하고
그가 먹고 마시는 모든 것 속에서
신들의 양식과 주홍빛 신주(神酒)를 발견한다

그는 바람과 같이 놀고 구름과 애기하며
십자가를 지고서 노래하며 도취한다
그의 순례를 뒤따르는 성령은
숲 속의 새처럼 쾌활한 그를 보며 눈물 흘린다

그가 사랑하고 싶은 이들은 모두 두려워 그를 주시하고
아니면 그가 얌전함에 용기를 얻어
서로 다투어 그에게서 탄식을 끌어내어
악랄한 짓들을 그에게 시험해 본다

그가 입 속에 넣을 빵과 포도주에
그들은 더러운 가래침과 재를 섞고
그의 손이 닿은 것은 허풍을 떨고 내동댕이치며
그의 발자국을 밟았다고 자신을 꾸짖는다

그의 아내는 광장에 나와 외친다
그이는 나를 미녀라 우러러보니,
나는 고대 우상1)들 노릇을 하려오
그들처럼 나도 몸에 자주 금칠을 하려오

그리고 감송향(甘松香)과 향유, 미드라2)
추종과 고기와 술에 취하리라
나를 칭송하는 마음에서 신의 경배를
웃으면서 가로챌 수 있을지 알아보려오!

그리하여 이런 불경(不敬)한 연극에 싫증이 날 때면
그에게 내 가냘픈 끈질긴 손을 얹고
독수리 손톱 같은 내 손톱으로
그이의 심장까지 길을 뚫어 놓으리라

마치 갓난 새새끼처럼 떨며 팔딱이는
시뻘건 그의 심장을 가슴에서 끌어내어
내 사랑스런 짐승을 배불리기 위하여
땅바닥에 아무렇게나 던져 주리라!

찬란한 옥좌 보이는 천국을 향하여
정숙한 시인은 그의 경건한 두 팔을 쳐들자

---

1) 고대 우상은 페니키아의 신 Baals를 말한다. 그의 혀는 닦여지고
   금칠과 은칠을 하였다고 한다.
2) 주로 아라비아에서 나오는 수지(樹脂)로 향료와 약제로 쓰임.

명철한 그의 정신은 섬광처럼 확산되어
성난 군중의 모습을 그에게 은닉한다

—축복받으소서 하나님, 당신이 주시는 고뇌란
우리의 부정(不淨)에 효력 있는 성약(聖藥)이니
성스런 쾌락을 강자에게 갖다 주는
지고지순의 정수로소이다!

저는 압니다, 거룩한 성군(聖軍)의 축복받은 서열 속에
당신께서 시인을 위하여 한 자리 남겨 두시고
옥좌, 힘의 천사, 주천사들의
영원한 축제에 시인도 초대하신 것을

저는 압니다, 오직 고통만이 고귀한 것임을
세상도 지옥도 결코 물어뜯지 못하며
나의 신비로운 왕관을 엮기 위해서는
모든 시간과 우주가 절대 필요하다는 것을

하지만 그 옛날 팔미라[3]가 잃어버린 보석도
미지의 금속들, 바다의 진주도
어쩌다 당신의 손으로 세공되어진다 해도, 미치지 못
하리
눈부시고 빛나는 이 아름다운 왕관엔

---

3) 솔로몬 왕이 시리아에 세운 도시.

왜냐하면 그것은 원시 광선의 거룩한 원천에서 길러 낸
오로지 순수한 빛으로 만들어질 것이기에
그래서 인간의 눈은, 제아무리 찬란하게 빛난다 해도
흐리고 애처로운 거울에 지나지 않는 것이기에!

신천옹(信天翁)

L'Albatros

흔히 재미삼아 뱃사람들은
커다란 바닷새, 신천옹을 잡는다
태평스런 여행의 이 동반자는
깊은 바다 위로 미끄러지는 배를 따른다

일단 갑판 위에 내려놓으면
이 창공의 왕들은 어색하고 수줍어
가련하게도 크고 흰 그 날개를
노처럼 그들 옆구리에 끌리게 둔다

이 날개 달린 나그네
얼마나 어설퍼 기가 죽었는가!
전엔 그처럼 아름답던 그가 얼마나 우스꽝스럽고 추
한가!
어떤 친구는 파이프로 부리를 건드려 약을 올리고
다른 친구들은, 창공을 날던 이 병신을 절름거리며 흉
내낸다

시인도 구름의 왕자와 같아서

폭풍우를 다스리고 사수(射手)를 비웃지만
야유 소리 들끓는 지상으로 추방되니
거대한 그 날개는
오히려 걷기에 거추장스러울 뿐

상 승

Elévation

연못 위로, 계곡 위로
산과 숲, 구름과 바다 너머
태양 지나, 창공 지나
별이 총총한 천구(天球) 끝 너머로

내 영(靈)아, 넌 민첩하게 움직여
물 속에서 도취된 능숙한 헤엄꾼처럼
오묘한 무한(無限)을 즐겁게 누비누나
표현할 수 없는 힘찬 쾌락에 취하여

이 역한 독기(毒氣) 떠나 멀리 날아가
드높은 대기 속에 네 몸 깨끗이 씻어라
또한 순수하고 신성한 술처럼
맑은 공간에 가득한
밝은 불을 마셔라

안개 자욱한 인생을
무겁게 짓누르는
권태와 끝없는 비애를 뒤로 돌리고

힘찬 날개로 햇살 가득한 평온한 들판을 향해
날아갈 수 있는 자는 행복하여라

상념들이, 종달새처럼 하늘을 향해
아침마다 자유로이 날아오르고
삶 위를 날면서
꽃들과 말없는 사물의 언어를
쉬이 알아듣는 자여!

교 감

Correspondances

자연은 하나의 신전, 거기에 살아 있는 기둥들은
때때로 어렴풋한 얘기들을 들려주고
인간이 상징의 숲을 통해 그곳을 지나가면
그 숲은 다정한 시선으로 그를 지켜본다

밤처럼, 그리고 빛처럼 광막한
어둡고 그윽한 조화 속에서
저 멀리 어울리는 긴 메아리처럼
향기와 빛깔과 소리가 서로 화합한다

어린아이 살결처럼 신선하고
오보에처럼 부드럽고, 목장처럼 푸른 향기가 있고
─또 썩고, 짙은 독한 향기들도 있어

호박(琥珀), 사향(麝香), 안식향(安息香), 훈향(薰香)
처럼
무한한 것들로 퍼져 나가
정신과 감각의 환희를 노래한다

저 벌거숭이 시대의 추억을 나는 좋아하노라
J'aime le souvenir de ces époques nues

저 벌거숭이 시대의 추억을 나는 좋아하노라
페뷔스[1]가 상(像)들을 금칠하기 좋아하던
그때엔 남녀가 가뜬한 마음으로
거짓이나 걱정없이 생을 즐겼고
또, 하늘은 깊은 애정으로 등을 어루만져 주며
그들의 귀중한 기관을 건강하게 단련시켜 주었다
시벨 여신[2]은 그때 풍요한 산물로 부러울 것 없었기에

많은 자식들에 조금도 부담을 느끼지 않고
오히려 골고루 애정을 쏟는 어미 이리처럼
불그죽죽한 젖꼭지로 만물을 적셨다
사내는 멋있고, 튼튼하고 건장하니
자기를 군주로 모시는 미녀들에게 오만할 수 있었고
티없이 깨끗하고 흠이 없이 순결한 그 과일들의
매끈하고 탄탄한 살점을 물어뜯고 싶었다!

오늘날 남녀의 나체를 볼 수 있는 장소에서
예전의 그 자연스런 위대한 모습을

---

1) 태양신.
2) 대지와 동물의 여신. 하늘의 딸로 자연의 힘을 뜻한다.

시인이 마음속에 그려 보고 싶을 때면 흉측한 모습으로
그득한 침울한 그림 앞에 음침한 오한이 영혼을 감싸
옴을 그는 느낀다
　오, 벗은 옷을 한탄하는 괴상망측한 짓들이여!
　오, 꼴불견 몸뚱이들! 가면을 씌워 놓아야 마땅할 몸
통들이여!
　오, 비틀리고 말라빠지고, 튀어나온 배와 축 처진 육
신들
　매정하고 가차 없는 실용의 신이
　그의 청동 기저귀 속에 감아 키운 아이들이여!
　그리고 여인들은 양초처럼 창백하고
　음탕에 젖어 있고 방탕이 길러 주는 그대들이여
　그리고 그대, 어미 적부터 내려오는 죄악과 다산성의
추악함을
　질질 끌고 다니는 처녀들이여!

진정, 우리 타락한 민족들은
옛 종족들이 알지 못했던 미(美)를 지니고 있다
심장의 궤양에 좀먹힌 얼굴들
우울의 미(美)라고나 할 그 모습들을
하지만 뒤늦게 찾아온 우리 뮤즈의 발명도
병든 겨레가 청춘에게 바치는
심오한 경의를 막지는 못하리라
—성스런 청춘, 순박한 모습, 다정한 이마

흐르는 물인 양, 맑고 깨끗한 눈동자
하늘의 푸르름처럼, 새처럼, 꽃처럼
그 향기, 그 노래, 그 감미로운 열정을
아무런 걱정 없이 만물 위에 퍼뜨려 주는 청춘이여!

등 대 들

Les Phares

루벤스, 망각의 강, 나태의 정원
사랑을 하기에는 너무 싱싱한 살베개
하지만 거기엔 생명이 흘러나와 계속 용솟음친다
마치 하늘의 바람과 바다의 조수처럼

레오나르도 다 빈치, 깊숙하고 침울한 거울
거기엔 사랑스런 천사들이, 신비로 싸인
다정한 미소지으며, 그들 나라 감싸는
빙하와 소나무 그늘에서 나타난다

렘브란트, 신음 소리 가득한 음침한 병원
커다란 십자가 하나가 유일한 장식
눈물짓는 기도가 오물에서 발산하고
한 가닥 겨울 햇살이 불쑥 스쳐 지나간다

미켈란젤로, 망막한 장소, 거기에 보인다
헤라클레스들1)이 그리스도와 어울리고
힘센 망령들이 꼿꼿이 일어나, 어스름 석양에

---

1) 그리스 신화에 나오는 영웅.

손가락을 펴면서 수의(壽衣)를 찢어대는 모습이

권투 선수의 분노, 목신(牧神)의 뻔뻔스러움
상놈들의 미(美)를 그러모을 줄 알았던 그대
자존심에 부푼 가슴, 허약하고 누렇게 뜬 사나이
퓌제[2] 고역수들의 울적한 황제

또, 수많은 고관들이 나비처럼
화려하게 노니는 카니발
샹들리에가 밝히는 경쾌하고 산뜻한 배경은
이 소용돌이치는 무도회에 광란을 퍼붓는다

고야, 미지의 것들로 가득한 악몽
마녀들의 잔치에서 삶고 있는 태아들
거울 들여다보는 노파들, 마귀를 유혹하려고
긴 양말 걷어올리는 발가벗은 아가씨들

들라크로아, 악의 천사 드나드는 피의 호수
늘 푸른 전나무 숲으로 그늘지고
우울한 하늘 아래, 야릇한 군악 소리가
베버의 가쁜 한숨처럼 지나간다

이 저주, 이 모독, 이 탄식들

---

2) 1824~94. 조각가. 당시 징역장이 있던 투롱항에서 강제노동을
했음.

이 황홀함, 고함 소리, 눈물, 찬가들
수천의 미궁에서 반향하는 메아리 소리
숙명적인 마음에는 성스러운 아편!

그것은 수천 명 보초들이 반복하는 외침이요
수천의 메가폰에서 울려 퍼지는 하나의 명령
그것은 수천의 성채 위에 밝혀진 등대
깊은 숲에서 방황하는 사냥꾼들의 호성!

왜냐하면, 주여, 세월 따라 흘러서
당신의 영원의 강가에 와서 사라질 이 뜨거운 흐느낌은
진정 우리가 보여줄 수 있는 인간 존엄성의 최상의 표
징이기에

병든 뮤즈

La Muse Malade

아! 내 가엾은 뮤즈, 이 아침엔 왜 그러오?
움푹 패인 두 눈은 방의 환영들로 우글거리고
그대 얼굴빛에 번갈아 비치는 차갑고 말없는 광란과
공포

푸르스름한 음몽(淫夢) 마녀와 분홍빛 작은 요정이
그들의 항아리 속에 담긴 공포와 사랑을 당신에게 퍼
부었는가?
악몽이 사납고 짓궂은 주먹질로
전설 속의 늪 깊숙이 그대를 빠뜨렸는가?

원컨대, 건강의 향내 풍기는
그대의 가슴속엔 늘 견고한 사상이 찾아들고
기독교도로서의 그대 피가 힘차게 흐르기를
샹송의 어버이, 페뷔스와 추수의 영주인
그 위대한 목신(牧神) '빵'이 번갈아 다스리는
고대식(古代式) 음절(音節)들의 헤아릴 수 없는 음향
처럼

돈에 팔리는 뮤즈
La Muse Vénale

오, 내 마음의 뮤즈, 궁궐의 연인이여
정월이 북풍을 풀어놓을 때
눈 내리는 밤의 울적한 권태에 빠져 있는 동안
그대 보랏빛 두 발을 녹여 줄 깜부깃불이라도 가질 것
인지?

그리하여, 대리석 같은 그대 어깨를
덧문으로 스며드는 밤빛으로 되살리려나?
그대의 궁전처럼 텅 빈 그대의 돈지갑을 생각하고
창공의 금별이라도 따올 것인가?

그대, 날마다 저녁밥을 벌기 위해
찬양대 소녀처럼 향로를 받들고
내키지 않는 마음으로 테 데움을 불러야 하며

아니면, 속된 인간들처럼 웃기기 위해
허기진 어릿광대처럼 마구 아양을 떨며
남 모를 눈물에 젖은 그대의 웃음을 팔아야 하는가

무능한 중

Le Mauvais Moine

옛날 승원은 그 방대한 벽들을
성스런 진리의 그림으로 꾸몄었다
그렇게 해서 사람들의 신앙을 북돋우고
엄숙한 신앙의 냉기도 누그러뜨렸다

예수가 뿌린 씨가 꽃피던 시절에는
지금은 잊혀진 숱한 명승이
장례의 뜰 안을 아틀리에삼고
순박하게 죽음을 찬양하였다

—내 영혼, 또한 하나의 무덤
이 무능한 중은
그 속을 끝없이 헤매며 살고 있건만
아무것도 이 추악한 승원의 벽을 치장하지 않는다

오, 나태한 중이여!
그러니 언제 내가
내 비참한 곤궁함의 생생한 광경을 그려 내기 위해
내 손에 일을 주고, 내 눈에 사랑을 줄 수 있을까?

적　수

L'Ennemi

내 청춘은 오직 어두운 폭풍우
여기저기 밝은 햇살이 비치었어도
천둥과 비바람이 사정없이 휩쓸어
내 정원에 남은 건 빨간 열매 몇 개

이제 나 사상의 가을에 다가섰으니
삽과 쇠갈고리를 쥐어야겠다
무덤처럼 커다란 물구멍이
홍수난 대지를 새로 갈기 위하여

하지만, 그 누가 알랴
내가 꿈꾸는 새 꽃들이
갯벌처럼 씻겨진 이 흙 속에서
생기 줄 신비한 양식 찾아낼는지를?

—오, 이 고뇌여!
시간은 생명을 좀먹고
우리의 심장을 갉아먹는 이 엉큼한 적수는
인간이 잃어 가는 피로써 자라며 살쪄 간다

불 운

Le Guignon

이처럼 무거운 짐을 들어올리려면
시지프스, 그대의 용기가 필요하리라!
아무리 일에만 전심한다 해도
예술은 길고 시간은 짧으니

유명한 무덤에서 멀리
외따로 떨어진 묘지를 향해
내 마음을 가린 북인 양
장송곡치면서 나아가누나

—수많은 보석이
잠자고 있다
어둠과 망각 속에 파묻혀
곡괭이도 측심기(測深器)도
닿지 않는 곳에

수많은 꽃들이
마지못해 풍기누나
비밀처럼 감미로운 꽃향기를
심오한 고독 속에서

전   생(前生)

La Vie antérieure

나는 오랜 세월 살았네, 널따란 주랑(柱廊) 아래서
바다의 태양이 수천의 불빛으로 그곳을 물들이고
그 곧고 우람한 기둥들을
저녁이면 그곳을 현무암 동굴처럼 만들어 주었다

파도는 하늘의 영상들을 바다에 굴리며
그 풍부한 음악의 전능한 화음을
나의 눈에 비치는 저녁놀에
엄숙하고 신비롭게 뒤섞어 놓았다

바로 그곳이 내가 산 곳, 안일 속에서
창공과 물결과 찬란한 빛 가운데에서
온통 향기로 밴 발가숭이 노예들에 둘러싸여서

그들은 내 이마를 종려잎으로 식혀 주었고
그들이 신경을 쓴 유일한 일은
나를 번민케 하던 괴로운 비밀을 깊숙이 파고드는 것
이었다

길 떠난 보헤미안

Bohémiens en Voyage

정열적인 눈동자의 점쟁이 종족들이
어제 길을 떠났네, 새끼들을 등에 업고
혹은 그 굶주린 아가리에다
상비(常備)의 보물, 축 처진 젖꼭지를 내맡긴 채

사내들은 번뜩이는 무기를 메고 걸어서 갔네
식구들은 웅크리고 마차를 따라
잃어버린 환영 좇는 서글픔으로
무거워진 눈들을 하늘 위로 굴리면서

모래의 성안에선 귀뚜라미가
지나가는 그들 바라보며 목청껏 노래하고
그들을 사랑하는 시벨 여신은 녹음을 펼쳐 주니

바위에 물이 솟고, 사막에는 꽃이 피네
이 방랑객들 가는 길 앞에
열린 것은 어두운 미래의 친근한 왕국

인간과 바다

L'Homme et la Mer

자유로운 인간이여, 항상 바다를 사랑하라!
바다는 그대의 거울, 그대는 그대의 넋을
한없이 출렁이는 물결 속에 비추어 본다
그대의 정신 또한 바다처럼 깊숙한 쓰라린 심연

그대는 즐겨 그대의 모습 속에 잠겨든다
그대는 그것을 눈과 팔로 껴안고
그대 마음은 사납고 격한 바다의 탄식에
문득 그대의 갈등도 사그라진다

그대들은 둘 다 음흉하고 조심성이 많아
인간이여, 그대의 심연 바닥을 헤아릴 길 없고
오, 바다여, 네 은밀한 보화를 아는 이 아무도 없기에
그토록 조심스레 그대들은 비밀을 지키는구나!

하지만 그대들은 태고 적부터
인정도 회한도 없이 서로 싸워 왔으니
그토록 살육과 죽음을 좋아하는가
오, 영원한 투사들! 오, 냉혹한 형제들이여!

돈 주앙은 지옥으로

Don Juan oux enfers

돈 주앙이 삼도천으로 내려가서
샤롱1)에게 뱃값을 치르자
한 침울한 거지가, 앙티스테느2)처럼 거만한 눈초리를
하고
억센 복수의 팔로 노를 잡았다

늘어진 젖통과 헤벌어진 옷자락을 내보인 채
여자들은 어두운 하늘 아래 몸부림치며
제물로 바쳐진 한 떼의 짐승들처럼
그의 뒤에서 긴 신음 소리 내고 있었다

스가나렐3)은 껄껄대며 판돈 내라 보채고
한편에선 돈 루이4)가 떨리는 손가락으로
강가에서 헤매는 모든 사자(死者)들에게
백발로 덮인 제 이마 비웃던 그 뻔뻔스런 아들을 가리
킨다

---

1) 신화에 나오는 삼도천(三途川)의 나루지기.
2) 견유학파의 시조인 고대 그리스 철학자.
3) 몰리에르의 돈 주앙에 나오는 돈 주앙의 몸종.
4) 돈 주앙의 아버지.

정숙하고 야윈 엘비르5)는 상복을 입고 떨면서
지난날의 애인인, 불성실한 남편 곁에서
처음 맹세의 다정스러움이 다시 솟아날
마지막 미소를 그에게 구하려 하나

갑옷을 입은 강건한 석상의 사나이6)가
키를 잡고 서서 검은 물결 헤쳐 간다
그러나 천연스런 그 영웅은, 제 장검에 몸을 굽히고
물고랑을 바라볼 뿐, 아무것도 거들떠보지 않았다

---

5) 돈 주앙의 아내.
6) 자기 딸이 돈 주앙에게 농락당했음을 알고 그와 결투를 벌였지만
   패배하고 만 기사의 입상을 말함. 마침내 신의 도움을 받아 돈 주
   앙을 지옥에까지 끌고 내려갔다.

교만의 벌

Châtiment de l'Orgueil

신학이 비길 데 없는 정기와 기력으로
꽃피던 희한한 시대에 있었다는 이야기
어느 날 아주 위대한 어느 박사님이
—믿음 없는 사람들을 억지로 믿게 하고
캄캄한 마음 밑바닥에서 그들을 뒤흔들고
아마도 순결한 성령만이 다닐 수 있는
박사님 자신도 알지 못하는 괴상한 길을
천상의 영광을 향하여 넘어갔는데—
분에 넘치게 올라간 사람처럼 혼란에 빠져
악마 같은 교만에 사로잡혀 소리를 질렀다

주여, 아기 예수여! 나 그대를 너무 높이 추켜세웠다
하나, 갑옷으로 막지 않고 그대를 공격하고 싶은 생각
이 내게 있었다면
그대의 수치, 또한 그대의 영광에 비길지어다
그러면 그대는 한낱 보잘것없는 태아에 지나지 않았으
리라!

그 순간, 그의 이성은 사라졌다

그 태양의 반짝임은 베일에 가려졌다
온갖 혼돈이 그 지성 속을 휘저었다
그래도 예전에는, 질서와 풍요가 넘치던 산 신전
그 천장 아래선 헤아릴 수 없는 화려함이 극을 이루었
건만
마치 열쇠 잃은 지하실처럼
침묵과 어둠이 그를 사로잡았다

그때부터 그는 길에 방황하는 짐승처럼
아무것도 눈에 보이지 않고, 여름인지 겨울인지
분간하지 못하고 들판을 쏘다니게 되자
폐품처럼 더럽고 보잘것없는 무용지물
어린아이들의 놀림감과 웃음거리일 뿐

아름다움

La Beauté

나는 아름답도다 오, 인간들이여!
돌의 꿈처럼 아무나 번갈아 상처 입은 내 젖가슴은
물질처럼 영원하고 말없는 사랑을
시인에게 영감을 불어넣기 위해 생겨난 것

나는 수수께끼의 스핑크스처럼 창공에 군림하고
눈과 같은 마음은 백조의 흰 빛에 연결한다
나는 선(線)들을 옮겨 놓는 움직임을 싫어하고
나는 결코 우는 법도 없고 또 웃지도 않는다

아주 우람한 기념상(紀念像)에서 빌려 온 듯한
장엄한 나의 자세 앞에서 시인들은
엄격한 탐구에 일생을 보내리라

왜냐하면 나는 이 온순한 연인들을 홀리기 위해
만물을 한결 미화(美化)하는 정결한 거울을 가졌기에
그것은 나의 눈, 영원한 빛을 지닌 커다란 두 눈!

이 상

L'Idéal

나 같은 사람을 만족시킬 수 있는 건
비천한 시대의 썩어 빠진 산물인
가두리 장식 달린 미인도도 아니요
반장화 신은 발도, 캐스터네츠 낀 손가락도 아니라오

위황병에 걸린 시인 가르바니1)에게나 맡기려오
병원에서 재잘대는 그 미녀들의 무리들은
나의 붉은 이상(理想)을 닮은 꽃송이를
창백한 장미들 속에서는 찾을 길 없으리니

심연처럼 깊은 내 마음에 필요한 건
바로 그때, 맥베드 부인, 죄악에 맞서는 꿋꿋한 넋
질풍의 풍토에도 꽃이 핀 에쉴르2)의 꿈

아니면 너, 거대한 밤3) 미켈란젤로의 딸
거인들의 입술이 스쳐간 네 젖가슴을
야릇한 자세로 태연하게 비트는 너로구나!

---

1) 풍속 묘사에 뛰어난 보들레르와 같은 시대의 풍자 화가.
2) 아이스킬로스. 그리스의 비극 시인.
3) 그리스 신화에서 '밤'은 '거인들'의 어머니이다.

거녀(巨女)

La Géante

자연이 당당한 기백에 넘쳐
날마다 괴물 같은 아이들을 배던 시절에
나는 젊은 거녀 곁에서 살고 싶었다
여왕의 발치에서 주색에 빠진 고양이처럼

그녀의 육체가 영혼과 더불어 피어나고
끔찍한 노름판에서 무럭무럭 자라는 것을 보며
그녀의 가슴이 음침한 열정을 불태우고 있는지
그녀의 눈에 서린 젖은 안개로 즐겨 점쳤으리라
그녀의 멋진 형체 위로 한가로이 노닐고
그녀의 거대한 무릎 비탈 위로 기어오르며
때로는 여름날, 몸에 해로운 햇볕에

지친 그녀가 들판에 가로질러 몸을 눕히면
나는 그 젖가슴 그늘 아래서 한가로이 잠을 자고 싶었
으리라
마치 평화로운 마을이 산기슭에 잠들 듯이

가 면

Le Masque

르네상스적 취향의 우의적 조상
조각가 에르네스트 크리스토프에게

저 플로렌스식 우아한 보물을 주시해 보자
근육 튼튼한 저 몸뚱이의 파동 속에는
성스런 자매, '우아'와 '힘'이 넘쳐흐른다
이 여인은 그야말로 기적적인 작품
거룩하게도 튼튼하고, 자랑스럽게도 날씬해
호사스런 잠자리 위에 군림하며
대주교 아니면 왕자의 여가를 채워 주기 위해 태어난 것

─또한, 보라, 저 묘하고 방탕스런 미소를
거기엔 가소로운 자만이 절정을 이룬다
저 앙큼하고, 나른하고, 비웃는 듯한 긴 눈길
망사에 둘러싸인 저 교태 넘치는 얼굴
오, 모습 하나하나 의기양양하게 우리에게 말한다
쾌락은 나를 부르고 사랑은 내게 왕관을 씌우도다!
그토록 위엄 있는 저 존재에 귀여움이
얼마나 선정적인 매력을 부여하는지를 보라!
우리 다가가서 그 미녀의 둘레를 돌아보자꾸나
오, 예술의 모독이여! 이 악랄한 기만이여!
거룩한 육체의 그 여인, 행복을 약속하더니
위쪽은 쌍두(雙頭)의 괴물로 끝나 있을 줄이야!

―천만에요! 그건 하나의 가면, 유혹적인 껍질일 뿐
묘하게 애교 있게 찌푸린 아름답게 빛나는 저 얼굴
또한 보라, 여기에 끔찍하게 오그라들었으나
진정한 머리와 참다운 얼굴이 있다
거짓 얼굴 그늘 아래 어안이 벙벙해 있구나
가련한 위대한 미녀여!
그대 눈물의 웅려한 강줄기가 심란한 마음속에 흘러드
는구나
그대의 거짓이 나를 취하게 하고, 나의 영혼은
고뇌가 솟아나는 그대 눈의 물결에 목을 축이누나!

―헌데 그녀는 왜 울고 있을까? 그녀, 완벽한 미녀!
정복된 인간을 제 발 아래 무릎 꿇게 할 만한데도
그 무슨 알 수 없는 아픔이 튼튼한 허리를 갉아먹기라
도 한단 말인가?

―그녀는 울고 있다 정신 나간 듯이, 인생을 살았었기
에!
그리고 지금도 살고 있기에! 하지만 더욱더 한탄스러
운 건
그녀의 무릎까지 부들부들 떨게 하는 건
아, 슬프게도! 그건 내일도 또 살아야 한다는 것 때문!
내일도, 모레도, 언제까지라도! ―우리들처럼!

미에의 찬가

Hymne à la Beauté

그대 깊은 하늘에서 왔는가, 심연에서 솟았는가?
오, 아름다움이여! 악마같이, 혹은 거룩한 양 그대 눈
길은
선행과 죄악을 뒤섞어 퍼부으니
그래서 그대를 술에 견줄 수 있다

그 눈 속엔 석양과 여명이 간직되고
소나기 내리는 저녁처럼 산뜻하게 향기롭구나
그대의 입맞춤은 미약(媚藥), 그대 입술은 술 단지
그것은 영웅을 비열하게, 어린이를 용감하게 만든다

그대 캄캄한 심연에서 솟았는가, 별에서 내려왔는가?
매혹된 운명은 강아지처럼 그대 속치마를 파고든다
그대는 기쁨과 슬픔의 씨를 닥치는 대로 뿌리고
모든 것을 다스리나, 어떤 책임도 지지 않는다

아름다움이여, 그대는 주검을 비웃으며 그 위로 걸어
간다
그대가 가진 보석 중, 역시 공포가 매력적이고

제일 비싼 그대의 패물 중
'살인'은 거만한 그대의 복통 위에서 사랑스럽게 춤을
춘다

눈이 부신 하루살이가 그대 촛불 향해 날아가
타들어가면서도 말한다 "축하하세, 이 촛불을!"
정부(情婦)에게 몸을 기대고 헐떡이는 사나이는
제 무덤 어루만지는 빈사자(瀕死者)와 같도다

그대 하늘에서 왔건, 지옥에서 왔건 무슨 상관이랴
오, 아름다움! 끔찍스럽고 숫된 거대한 괴물이여!
그대의 눈과 미소
그리고 그대의 발이 나에게
내 알지 못하나 추구하는 '무한'의 문을 열어 주기만
한다면?

'마귀'에게서 왔건, '하나님'에게서 왔건 무슨 상관이랴?
'천사'이건 '사이렌'이건 무슨 상관
—부드러운 눈매의 요정이여
운율이여, 향기여, 빛이여, 오, 나의 유일한 여왕이여!
그대가 세상의 추악과 시각의 중압을 덜어 주기만 한
다면야!

이국적인 향기

Parfum exotique

다사로운 가을날 저녁, 두 눈 지그시 감고
훈훈한 네 젖가슴 내음 맡으면
단조로운 태양이 눈부시게 내리쬐는
평온한 해변이 내 눈앞에 펼쳐진다

나태의 섬, 거기에서 자연은 재배한다
진귀한 나무와 맛있는 과일을
매끈한 체구에 생기 찬 남성들과
순진한 눈빛이 아리따운 여인들을

네 향내 따라 매혹적인 고장으로 이끌려 나는 그려 본다
아직도 바닷물결에 지쳐 버린 돛과 돛대 가득 찬 어느
항구를
그동안 초록색 타마린드의 향기가 바람에 휘날리고
내 콧구멍을 부풀게 하며 내 마음속에는 수부(水夫)들
의 노래와 뒤섞이누나

머 리 털

La Chevelure

오, 목덜미 위까지 덮인 머리털이여!
오, 곱슬한 컬! 오, 게으름 가득한 향내여!
황홀함이여! 이 저녁 음산한 규방을 이 머리털 속에서 잠자는
추억들로 채우려고 손수건처럼 공중에 머리를 흔들고 싶다

생기 없는 아시아와 타오르는 아프리카
소멸해 가는 아득한 전세계가 네 심원 속에 살아 있구나
향그러운 숲이여! 다른 사람들이 음악에 맞춰 노를 젓듯이
오, 사랑하는 님이여! 내 마음 그대 향기 속에서 헤엄을 친다

나는 가련다, 저기, 생기 넘치는 수목과 인간이
작열하는 풍토 아래 오랫동안 도취해 늘어진 곳으로
거센 머리채여, 나를 데려다 줄 물결이 되어 주렴!
칠흑의 바다여, 그대의 가슴을 간직하겠지
돛과 사공과 불꽃과 돛대의 꿈을

고동 소리 우렁찬 항구에서 내 넋은 향기와 소리와 빛
깔을 듬뿍 마시고
황금빛 물결 위로 미끄러져 가는 배들은
영원한 열기 살랑거리는 맑은 하늘의 영광을
두 팔을 활짝 벌리고 껴안는다

도취를 갈망하는 내 머리를 잠그리라
바다가 열려 있는 검은 머리 그 대양 속에
이제, 예민한 내 정신을 배의 흔들림 같은 애무 속에서
그대를 되찾으리, 오, 게으름의 강이여!
향그러운 여가의 끝없는 자장가여!

칠흑의 휘장같이 둘러친 푸른 머리채여
그대 나에게 무한한 둥근 하늘의 푸른 빛을 돌려주고
땋아 내린 그대 머리 타래의 솜털 난 언저리에서
야자유, 사향, 역청(瀝靑) 뒤섞인 향내에 나는 정신없
이 취한다

오랫동안! 변함없이! 그대 갈기 속에 묻힌 묵직한 내
손은
루비와 진주와 사파이어를 뿌리리라
내 소원에 그대 귀가 열려지도록
너는 내가 동경하는 오아시스
또 내가 추억의 포도주를 벌컥벌컥 들이켜는 호리병이
아니던가?

나는 그대를 밤의 궁륭과 같이 숭배한다
Je t'adore à l'égal de la voûte nocturne

나는 그대를 밤의 궁륭과 같이 숭배한다
오, 슬픔의 꽃병이여 오, 말없는 키다리 여인이여
나 그대를 사랑해, 아름다운 여인이여, 그대 내게서
달아날수록
그리고 내 밤을 수놓는 그대가 빈정거리듯
내 두 팔을 무한한 푸르름에서 갈라 놓는 거리를
멀리할수록 더욱 깊어만 가니

나는 공격에 맞서고, 습격을 친다
마치 송장에 기어드는 구더기 떼처럼
그리하여, 오, 굽힐 줄 모르는 매정스러운 짐승이여!
사랑스럽기도 하여라
그대의 그 쌀쌀한, 그럴수록 한결 더 아름다워 보이는
것을!

너는 온 세상을 네 규방에 끌어들이누나
Tu mettrais l'univers entier dans ta ruelle

너는 온 세상을 네 규방에 끌어들이누나
추악한 여인이여! 권태가 네 마음을 악독하게 만드누나
그 괴상한 놀이에, 네 이빨을 갈기 위해서
날마다 심장 하나씩 네 의치(義齒)에 집어 넣어야겠구나

네 두 눈은, 진열장처럼 축제날 타오르는 등명대(燈明
臺)처럼 번득이며
빌려 온 힘을 버릇없이 써버리누나
제 아름다움을 전혀 알지도 못하면서

잔혹함 가득한, 눈멀고 귀먹은 기계여!
만인의 피를 빠는 유익한 연장이여, 부끄러움 모르는
철면피여
네 매력이 퇴색함을 거울에 비춰 보지 못했는가?
아무리 죄악에 능란한 너라 할지라도
그 엄청남에 질겁하여 한 번도 뒷걸음질치지 않았는가?
은밀한 섭리를 품은 위대한 자연이
너, ─계집아이 오, 죄악의 여왕이여
비천한 짐승이여, ─너를 가지고 어느 천재를 반죽해

낼 때에

오, 더러운 위대함이여! 숭고한 치욕이여!

하지만 흡족치 않았다
Sed Non Satiata[1]

밤처럼 검붉은 괴상한 여신이여
사향과 하바나 냄새 섞여 풍기는
아프리카 마술사의 작품, 사바나의 파우스트[2]
흑단의 옆구리를 가진 마녀, 칠흑 같은 밤의 자식이여

나는 즐기리라! 절개, 아편, 밤보다
사랑이 넘실대는 네 입의 영약(靈藥)을, 나의 욕망 너
를 향해 무리져 갈 때
너의 눈은 내 권태가 목을 축이는 웅덩이라

그 검은 커다란 두 눈, 네 마음의 환기창으로
오, 냉담한 악마여! 그토록 나에게 열정을 쏟지 말아라
삼도천은 따라 흘러내려 너를 아홉 번 껴안을 수 없으
리니

애처로워라! 바람둥이 메제르[3]여

---

1) 로마의 풍자 시인 유베날리스의 말에서 따온 것. '메살린느는 그들
   의 품 안에서 나왔다. 그러나 흡족치 않았다.'
2) 독일의 전설에 나오는 마술의 박사. 지상의 재물과 교환하여 악마
   메피스토 펠레스에게 영혼을 판다.
3 질투와 증오의 화신.

 네 침실의 지옥 속에서, 네 용기를 꺾고 너를 궁지에
몰아넣도록
 내가 프로세르핀느4)가 될 수도 없구나!

---

 4) 지옥의 여왕.

물결치는 진줏빛 옷을 입으면

Avec ses vêtements ondoyants et nacrés

물결치는 진줏빛 옷을 입으면
걸을 때도 그녀는 춤추는 것 같아
신성한 요술장이의 막대기 끝에서
박자 맞춰 몸을 흔드는 기다란 뱀처럼

사막의 음울한 모래와 창공
인간의 고뇌에는 무관심한 듯
바다 물결이 파도치며 펼쳐지듯이
그녀는 무심히 몸을 펼친다

빛나는 두 눈은 매혹적인 광석이요
야릇하고 상징적인 그 천성 속에
순결한 천사와 고대의 스핑크스 어울리고

모든 것이 금과 강철, 빛과 금강석에 지나지 않아
가치 없는 별처럼, 막연히 빛을 발하는
석녀(石女)[1]의 싸늘한 위엄이어라

---

1) 보들레르의 동시대인들은 창녀들이 아기를 못 낳는 여자라고 믿었
다.

춤추는 뱀

Le Serpent qui danse

얼마나 나는 그리는가, 태평스런 여인이여!
그토록 아름다운 그대의 육체에서
하늘거리는 옷감처럼
살갗이 비치는 것을!

숱 많은 그대 머릿결에서
풍기는 짭짤한 냄새
향기롭게 넘실대는 바다에는
푸르고 검붉은 물결

아침 바람에 잠이 깬
한 척의 배처럼
꿈꾸는 내 마음은 돛을 올린다
머나먼 하늘을 향하여

즐거움도 쓰라림도 보이지 않는
그대의 두 눈은
금과 쇠가 서로 어울리는 차가운 두 알의 보석

장단 맞추어 걸어가는 그대를 보면
꾸밈없는 미녀여
막대기 끝에서 춤을 추는 한 마리의 배암이랄까

게으름에 젖어
앳된 그대 머리는
코끼리 새끼처럼 힘없이 흐늘거리고

또 몸을 굽혀 드러누우면
매끈한 배처럼
이쪽저쪽 몸을 흔들며 물 속에
활대를 잠기게 한다

빙하가 녹아 거세게 불어난
바다 물결처럼
그대의 이빨 가에 침이 솟아오르면

나는 씁쓰레하나 기분 좋은
보헤미안 주를 마시는 기분
내 마음에 별들을 뿌려 주는 흐르는 하늘이여!

송 장

Une Charogne

내 넋이여, 회상해 보라, 우리가 본 것을
그처럼 따스하고 화창한 여름날 아침에
오솔길 모퉁이 자갈 깔린 자리에 뻗은
끔찍스럽게 썩은 시체를

음탕한 여자처럼 두 다리를 쳐들고
뜨거운 몸은 독기 뿜어 내고
썩은 냄새 진동하는 복통을
태연하고 뻔뻔스레 내벌리고 있었지

태양은 썩은 그 시체 위로 내리쬐고 있었지
마치 알맞게 구우려는 듯이
위대한 자연이 조립해 놓은 모든 것을
갑절로 자연에 되돌려 주려는 듯이

하늘은 그 희한한 해골을 바라보고 있었다
피어나는 한 송이 꽃을 보듯이
고약한 냄새 하도 지독해
당신은 하마터면 풀 위에서 기절할 뻔했지

파리 떼가 그 썩은 복통 위에서 윙윙거리고
거기서 검은 구더기 떼 줄지어 기어나와
걸쭉한 액체처럼 흘러내리고 있었지
그 살아 있는 구더기 따라서

이 모든 것이 파도처럼 굽이쳐 오르내리며
불꽃처럼 반짝이며 솟아오르기도 했지
그 시체는 희미한 바람에 부풀어 올라
살아서 점점 살쪄 가는 듯했지

그리고 세상은 야릇한 음악을 들려주고 있었지
마치 흐르는 물처럼, 바람처럼
또는 장단 맞춰 까부르는 키 속에서
흔들리고 맴도는 곡식알처럼

형태는 망가져 이젠 한갓 꿈처럼 찾을 길 없고
잊혀진 화포(畵布) 위에
기억만을 더듬으며 화가가 그려 내는
서서히 떠오르는 소묘와도 같았지

바윗돌 뒤에선 초초한 암캐 한 마리
성난 눈으로 우리를 쳐다보고 있었지
놓쳐 버린 살점을 해골로부터
다시 떼어 낼 순간을 노리면서

—그렇지만 당신도 언젠가는 닮게 되리라
이 오물을, 이 끔찍한 부패물을
내 눈의 별, 내 천성의 태양이여
나의 천사, 나의 정열인 당신도!

그래! 당신도 그렇게 될 테지. 오, 은총의 여왕이여
종부성사 끝나면
만발한 꽃과 풀 밑에서
백골들 틈에 끼어 곰팡이 필 무렵엔

그때엔 오, 나의 미녀여 말해 주오
그대를 핥으며 파먹을 구더기에게
썩어 문드러진 내 사랑의 형태와 거룩한 본질을
내가 간직하였노라고!

심연에서의 외침
De Profundis Clamavi[1]

내 오직 사랑하는 그대여, 당신의 동정심을 갈구합니다
내 마음이 떨어져 버린 어두운 심연 구렁텅이에서
여기는 납빛 지평선으로 둘러싸인 음침한 세계
공포와 모독이 밤 속을 헤엄칩니다

열기 없는 태양이 그 위에 여섯 달 뜨고
나머지 여섯 달은 밤이 대지를 덮는데
이곳은 극지보다 더한 불모의 나라
―짐승도, 개울도, 풀도, 숲도 없으니!

오, 이보다 더한 공포 세상에 또 있으랴
얼어붙은 태양의 냉혹한 잔인
태고의 혼돈과도 흡사한 끝없는 밤

차라리 부럽구나, 미련한 잠에 빠질 수 있는
천하디천한 짐승들의 팔자가
어쩌면 시간의 실꾸리는 그처럼 느리게 감기는지!

---

1) 라틴어. 〈시편〉 제130편 첫머리에서 따온 것.

흡 혈 귀

Le Vampire

구슬픈 이 내 가슴속에
비수처럼 파고든 너
화사하고 광기 서린 너
악마의 무리처럼 찾아오니

무안한 내 정신은
네 잠자리와 거처를 만드누나
―치사한 너에게 난 얽매어 있다

쇠사슬에 얽매여 노예처럼
노름판을 못 떠나는 노름꾼처럼
술병을 못 놓는 주정뱅이처럼
송장을 못 떠나는 구더기처럼
―저주받은 넌 저주받은 계집!

나는 자유를 구하기 위해
날렵한 칼 솜씨 믿어도 보고
나의 비겁함 도와 달라고
더러운 독약에 하소연도 해보았지

슬프게도! 독약과 칼날은
나를 얕보고 말하였지
넌 저주받은 종노릇에서 건져 줄 가치가 없는 녀석

바보 같으니!— 설사 우리의 힘이
그녀의 왕국에서 너를 끌어내 준다 해도
너의 입맞춤은 네 흡혈귀의 사체(死體)를
되살아나게 할 텐데!

끔찍스런 유태인 계집 옆에서 보낸 그 어느날 밤

Une nuit que j'étais près d'une affreuse Juive

끔찍스런 유태인 계집 옆에서 보낸 그 어느 날 밤
시체가 또 하나의 시체 곁에 있듯, 나란히 드러누워
그 팔려 버린 육체 곁에서
내 스스로 금욕을 과한 침울한 미녀 생각에 잠겨 있었다

나는 상상해 보았다. 그녀의 타고난 위엄을
활기와 우아로 무장한 그녀의 시선을
그녀의 머리털은 향기로운 투구
생각만 하여도 내 사랑 되살아난다

내가 네 고귀한 육체에 뜨겁게 입맞추고
신선한 네 발끝에서 새까만 네 머리 타래까지
심오한 애무의 보물을 펼쳤을 게다

만일, 어느 날 저녁, 나도 몰래 솟아난 눈물로
오, 잔인스런 여왕이여!
네가 다만 네 싸늘한 눈동자의 광채를 흐리게 할 수만
있다면

사후(死後)의 회한
Remords Posthume

나의 검은 미녀여, 그대 검은 대리석으로 만든
심오한 곳에 잠들었을 때
잠자리와 거처라곤
오직 비에 젖은 땅굴과 움푹 패인 구덩이뿐일 때

돌멩이가 겁 많은 그대 가슴과
즐거운 무기력에 젖은 그대 옆구리를 짓눌러
그대 심장을 뛰놀게 하지도, 갈망하지도 못하게 하고
그대 두 말이 모험 찾아 떠나지 못하게 할 때

내 끝없는 몽상에 귀를 기울일 무덤은
(무덤은 언제나 시인을 이해하리니)
잠 못 이루고 지새는 그 긴긴 밤 동안

그대에게 말하리 "어설픈 창녀여, 네게 무슨 상관이람
사자(死者)들이 한탄하는 까닭을 새겨듣지 못한다 하
여?"
—그리고 구더기가 회한처럼 그대 살갗을 파먹어 들리라

고양이

Le Chat

이리 온, 내 예쁜 나비야, 사랑하는 이 내 가슴에
발톱이랑 감추고
금속과 마노(瑪瑙)가 뒤섞인 아름다운 네 눈 속에
나를 푹 파묻게 해주렴

네 머리와 유연한 등을 내 손가락으로
한가로이 어루만질 적에
전율하는 네 몸 만지는 쾌락에
내 손이 도취할 적에

나는 내 마음속의 아내를 그려 본다
그녀의 눈매는 사랑스런 짐승
네 눈처럼 그윽하고 차가워
투창처럼 자르고 뚫어
발끝에서 머리끝까지
미묘한 기운, 변덕스러운 향기
그 갈색 몸뚱일 감도는구나

결 투

Duellum[1]

두 전사가 서로 달려들었다
그들의 무기는 불꽃과 피를 공중에 튀겼다
이 놀음, 이 요란한 쇳소리는
흐느끼는 사랑에 사로잡힌 청춘의 소동

칼들은 부러졌다! 우리의 청춘처럼
사랑하는 이여! 그러나 이빨과 날카로운 손톱이
당장에 장검과 배신자 단검에 앙갚음한다
—오, 사랑에 상처 입어 성숙해진 마음의 분노여

산고양이와 표범이 드나드는 골짜기에
우리의 영웅들, 끈질기게 맞붙어 뒹굴고
그들의 살갗은 메마른 가시덤불 꽃피우리라

—이 심연, 그건 우리 친구들도 가득 찬 지옥이어라!
매정스런 여장부의, 우리도 거기서 후회없이 뒹굴자
우리 증오의 불길 영원히 타오르도록!

---

1) 결투(Duellum)는 라틴어. 보들레르의 비평가들은 고야의 삽화
「로스 카프리초스」의 62호. '이런 일을 그 누가 꿈엔들 생각했으리
오'에서 영감을 얻었다고들 말한다.

발코니

Le Balcon

추억의 모체여, 애인 중의 애인이여!
오, 그대, 모든 나의 기쁨! 오, 그대, 모든 나의 의무!
회상해 보라, 애무의 아름다움을
노변(爐邊)의 감미로움, 저녁의 매력을
추억의 모체여, 애인 중의 애인이여!

이글대는 숯불로 환히 밝혀진 저녁들
장미 노을 자욱한 발코니에 내린 저녁들
얼마나 그대 가슴 포근했던고! 오, 비단결같이 고왔던
그대 마음이여!
우리는 종종 불멸의 것들을 얘기했었지
이글대는 숯불로 환히 밝혀진 저녁들

훈훈한 저녁 태양은 아름답기도 하여라!
공간은 깊어라! 마음은 꿋꿋해라!
숭앙받은 여왕, 그대에게 내 몸 기대며
그대의 피 냄새를 내가 맡는 듯했지
훈훈한 저녁 태양은 아름답기도 하여라!

밤은 칸막이처럼 짙어만 가는데
내 눈은 어둠 속에서 그대 눈동자 알아 내고

또 나는 그대 숨결을 마셨지, 그 단맛이여! 그 독기여!
그대의 발은 우정 깊은 내 손에 안겨 잠이 들었지
밤은 칸막이처럼 짙어만 가는데

행복한 순간들을 되살리는 법을 나는 알고 있네
그대 무릎 속에 도사린 과거를 나는 다시 보고
다정한 그대의 몸, 애틋한 그대의 마음 아닌 곳에서
그대의 번민하는 아름다움을 찾아본들 무슨 소용?
행복한 순간을 되살리는 법을 나는 알고 있네!

그 맹세, 그 향기, 그 끝없는 입맞춤
알 수 없는 심연에서 다시 살아날 것인가?
깊은 바다 밑에서 미역을 감고
다시 젊어진 태양이 하늘에 떠오르듯
—오, 맹세여! 오, 향기여! 오, 끝없는 입맞춤이여!

홀린 사나이

Le Possédé

태양은 베일에 가리었다. 그처럼
오, 내 생명의 달이여! 그대도 그림자를 둘러라
네 멋대로 잠자코 담배를 피워라, 입을 다물고 우울해
져라
그리고 권태의 심연에 완전히 잠기어라

그처럼 나 그대를 사랑하노라!
하지만 그대가 오늘 어둠을 벗어나는 가리었던 천체
(天體)처럼
'광기'가 법석대는 곳으로 잘난 척 활보하고 싶다면
그것도 좋아! 귀여운 비수여, 그대 칼집에서 뛰어나오
너라!

샹들리에 불빛으로 그대 눈동자를 비추어라!
시골뜨기 시선 속에 욕망의 불을 밝혀라!
그대의 모든 것이 내겐 즐거움이라, 병적인 것도 활달
한 것도

그대 원하는 대로 되어 주오, 어두운 밤이건 밝아 오

는 여명이건
 전율하는 이 내 전신의 세포 하나하나가
 이렇게 외치누나 오, 내 사랑 '마왕'이여, 나 그대 너무
도 사랑해!

환　영(幻影)

Un Fantôme

I
어　둠

운명이 나를 이미 추방해 버린
측량 못할 슬픔의 땅굴 속에서
장밋빛 밝은 햇빛도 들어오지 않은 채
침통한 안주인, '밤'과 함께 외로이 사는

이 몸은, 처량하게도 비웃는 신에 강요되어
어둠의 화폭 위에 그림 그리는 화가라고나 할까
거기서 나는 비참한 식욕을 가진 요리사
내 심장을 끓여 먹고

때때로 우아하고 찬란히 빛나는 유령이
번쩍이며 몸을 뻗고 드러눕는다
꿈꾸는 듯한 동양적인 몸매로

그가 완전한 크기로 몸을 드러내며는
나는 알아본다, 날 찾아온 미녀를
그것은 '그녀' 검게 빛나는 여인

II
향　기

독자여, 그대는 한없이 맡아 보았는가
도취 속에 서서히 음미해 가며
교회당 가득한 훈향을
또는 주머니에 스며든 사향 냄새를?

현재 속에 되살아난 과거가 우리를 취하게 하는
그윽하고 신비로운 매력이여!
그처럼 정부(情夫)도 사랑스런 육체에서
추억의 황홀한 꽃을 꺾는다

살아 있는 향기 주머니, 규방의 향료
그대 유연하고 숱 많은 머리털에서
야생의 사향 냄새 솟아오르고

순결한 제 청춘이 흠뻑 스며든
모슬린 혹은 비로드 의상에서
모피 향기가 풍겨 나왔다

III
그 림 틀

제아무리 명성 높은 화술(畵術)의 작품이라도
무한한 자연에서 떼내면서

아름다운 그림틀에 넣어야만
알 수 없는 야릇하고 매혹적인 운치로 돋보이듯이

그처럼 보석과 가구, 금속과 금박은
진귀한 그녀의 아름다움에 꼭 어울리고
그 어느 것도 그녀의 완전한 광채를 가리지 않고
모든 것이 그녀에게는 틀로서 되어졌다

때때로 그녀는 모든 것이
자기를 사랑하려 한다고 생각했을까
관능적으로 제 벌거숭이 육체를
명주옷과 속옷의 입맞춤 속에 잠그고
몸을 흔들 때마다, 천천히 또는 느닷없이
원숭이 같은 앳된 애교를 부렸다

IV

초 상 화

'질병'과 '죽음'은 온통 잿더미로 만든다
우리를 위해 타오르는 불길을
그처럼 열정과 애정 어린 커다란 두 눈
내 가슴 적신 그 입

향유처럼 강렬한 그 입맞춤
햇빛보다 더 뜨거운 그 격정에서

지금 무엇이 남았는가? 끔찍도 하다 오, 내 영혼이여!
 남은 건 3색(三色)으로 그려진 너무나 퇴색한 소묘 하
나뿐
 그것마저 나처럼 고독 속에 쓰러져 가는데
 저주받을 낡은 시간이
 매일같이 제 거친 날개로 문지르니……

 '생'과 '예술'의 검은 살인자여
 너는 내 기억 속에서 결코 죽이진 못하리라
 내 쾌락, 내 영광이던 그 여인을!

그대에게 이 시를

Je te donne ces vers afin que si mon nom

그대에게 이 시를 바치노라
내 이름 행여나 먼 후세에 전하여져
어느 날 저녁, 사람들을 공상 속에 잠기게 한다면
거친 삭풍에 이끌려 가는 배여

그대 기억은, 희미한 전설같이
탱파농처럼 독자들을 싫증 나게 하고
친근하고 신비스런 고리로
매달리듯 이 내 시편(詩篇)에 남아 있도록

저주받은 여인이여, 깊은 심연에서 하늘 끝까지
그대에게 대답하는 자, 오직 나일 뿐!
―오, 그대, 덧없는 자국의 망령처럼

그대를 독한 여자라 생각하는 어리석은 중생들을
가벼운 발길로, 냉정한 시선으로 짓밟는 그대
흑옥(黑玉) 눈을 가진 상(像), 철면피 같은 대천사여!

항상 이대로

Semper Eadem

당신은 말했었지, "검고 헐벗은 바위 위로 바닷물 치솟듯
이 야릇한 슬픔 어디에서 밀려 오는가?"라고
—우리 마음이 한번 수확을 거둬들인 다음엔
삶은 고뇌의 늪, —누구나 다 아는 비밀—

너무나 명료한 고통, 신비로움 전혀 없어
당신의 기쁨처럼, 누구나 알 수 있는 것
그러므로 묻지 말아 주오. 오, 호기심 많은 미녀여!
그대 목소리 부드럽지만, 입을 다물어 주오!

입을 다물어요, 무식한 여인! 언제나 쾌활한 이여!
천진한 웃음 띤 입이여! 삶보다 더 자주
'죽음'이 미묘한 줄로 우리를 잡아맨다

제발 내 마음 '거짓'에 취해
아름다운 꿈결에서처럼 그대 고운 눈 속에 파묻혀
그대 속눈썹 그늘 아래 오래오래 잠들게 하여 주오

그녀는 완전히

Tout entière

'악마'가 높다란 내 방으로
오늘 아침 나를 찾아와
내 잘못 찾아 내려 애쓰며 내게 말했다
"정말 알고 싶어"

그녀의 매력 만들어 주는
수많은 아름다운 것들 중에서
매혹적인 그녀의 육체를 이루는
검거나 장밋빛 도는 것들 중에서

무엇이 제일 감미로운가?
—오, 나의 영혼이여!
너는 '미운 녀석'에게 대답하였지
그녀 안에서는 모든 것이 저항적이니
아무것도 골라 말할 수 없다

모든 것이 나를 유혹할 때는
무엇에 마음이 끌리는지 나는 모른다
그녀는 새벽처럼 눈이 부시고

밤처럼 나에게 위안을 준다

또한 그 조화 오묘도 하여
그녀 아름다운 육체를 온통 지배하니
수많은 그 화음 뽑아 내기엔
어설픈 분석으론 어림도 없다

오, 신비로운 변모여
나의 모든 감각이 하나로 녹아들었구나!
그녀의 숨결은 음악이 된다
그녀의 목소리 향기가 되듯이!

이 저녁 무얼 말하려나

Que diras-tu ce soir, pauvre âme solitaire

가엾고 고독한 영혼, 너 이 저녁 무얼 말하려나
옛날에 시든 마음, 내 마음아, 넌 무얼 말하려나
더없이 아름답고, 착하고, 사랑스런 여인에게
성스런 그녀 시선 속에 너는 한순간 활짝 피었었지?

―우리 자랑스레 그녀를 찬양하여 노래부르자
온화한 그녀의 위엄을 당할 자 아무것도 없다
영적인 그녀 살결에선 '천사'의 기품 우러나오고
그 눈동자 우리에게 광명의 옷을 입힌다
밤중이든 고독 속이든 거리이든 군중 속이든
그녀의 환영 횃불처럼 대기 속에 춤을 춘다

이따금 환영은 소리 내어 말한다
"나는 아름다워 나를 사랑하기 위해 오직 '미(美)'만 사
랑하라
나는 수호의 '천사'요, '시의 여신'이요, 또 '마돈나'이니"

살아 있는 횃불
Le Flambeau vivant

빛이 가득 찬 그 '두 눈', 그들이 내 앞을 걸어간다
지성의 천사에게 어쩌면 자력(磁力)받아
그들은 걸어간다, 이 숭고한 형제들은
금강석처럼 반짝이는 그들, 광명을 내 눈 속에 흔들어
주며

온갖 함정과 온갖 중한 죄에서 날 구해 주고
그들은 '미'의 길로 내 발걸음을 인도한다
그들은 나의 하인, 나는 그들의 노예
내 존재 전부가 이 살아 있는 횃불에 뒤따른다

사랑스런 '눈', 너희는 대낮에 불타는
촛불의 신비로운 빛으로 반짝인다
햇빛에 붉어지나 황홀한 그 불길 꺼지지 않는다

촛불은 죽음을 축하하고, 너희는 재생을 노래한다
내 영혼의 재생을 노래하면서, 너희는 걸어간다
어떤 햇빛도 그 불꽃 없어지게 못할 별들이여!

공 덕

Réversibilité

쾌활한 천사여, 그대는 아는가 괴로움을
수치와 회한, 흐느낌과 권태를
또 구겨 버리는 휴지처럼 가슴을 조이는
그 끔찍한 밤들의 막연한 공포를?
쾌활한 천사여, 그대는 아는가 괴로움을?

어진 천사여, 그대는 아는가 증오를?
'복수심'이 지옥 같은 나팔을 불고
우리 능력을 마구 구사할 때
어둠 속에서 불끈 쥔 두 주먹과 쓰라린 눈물을?
어진 천사여, 그대는 아는가 증오를?

건강한 천사여, 당신은 아는가 '열병'을?
우중충한 자선 병원 높다란 담을 끼고
희미한 햇빛 찾아 입술을 떨면서
추방된 자들처럼, 발을 질질 끌고 가는 환자들을?
건강한 천사여, 그대는 아는가 '열병'을?

아름다운 천사여, 그대는 아는가 주름살을?

늙어 가는 두려움을, 넋 잃고 우리 눈이
오래 들여다본 눈들 속에서 헌신을 꺼리는
은밀한 눈치 읽어 내는 그 끔찍한 고통을?

아름다운 천사여, 그대는 아는가 주름살을?
행복과 기쁨과 빛이 충만한 천사여
죽어 가는 다비드 왕[1]이라면 건강을 청했겠지

황홀한 그대 육체의 풍만함에서
하나, 천사, 그대에게 나 원하는 건 오직 그대의 기도뿐
행복과 기쁨과 빛이 넘치는 천사여!

---

1) 구약성서 〈열왕기〉 상권 제1장 1~4를 암시하고 있다. 늙은 다비
드 왕에게 그의 하인들이 젊은 처녀들을 구해 바쳤다.

고 백

Confession

한 번, 단 한 번, 사랑스럽고 다정한 님이여
매끈한 그대의 팔이 내 팔에 기대었지(내 영혼의 어두
운 바닥에서 이 추억 전혀 지워지지 않아)

날이 저물었다. 새 메달같이
보름달이 하늘 복판에 걸려 있었고
엄숙한 밤 기운이, 강물처럼
잠든 파리 위로 흐르고 있었다

그리하여 집들을 따라, 대문 아래로
고양이들이 살금살금 빠져나가며
귀를 쫑그리고, 또는 정다운 그림자처럼
천천히 우리를 따르고 있었다

문득, 창백한 달빛 아래 떠오른
밀착된 친밀감 속에
찬란한 쾌활만이 울려 퍼지는
풍부한 악기인, 그대 입에서

밝게 빛나는 아침에 울리는 군악 소리처럼
유쾌한 그대 입에서
구슬픈 가락, 야릇한 가락이
비틀거리며 새어 나왔다

가족들마저 꺼려, 남의 눈을 피해
남몰래 오랫동안 땅굴 속에 숨겨 둔
허약하고, 험상궂고, 음침하고
추한 한 계집애처럼

가여운 천사여, 그대는 거친 소리로 불렀다
"이 세상엔 어느 것도 확실치 않고
아무리 애를 써서 치장하고 꾸며 본들
인간의 이기심은 드러나고 마는 법

미녀 노릇 하기도 힘드는 일
억지 웃음 지으며
흥겨워해야 하는 얼빠지고 쌀쌀한 무희의
하찮은 일과도 같은 것

사람들의 마음 위에 집을 지음은 어리석은 짓
사랑도 아름다움도 모두 휘청거린다
'망각'이 채롱 속에 그것들을 집어 던져
'영원'에게 되돌려줄 때까지!"

나는 자주 회상하였다, 그 황홀한 달을
그 침묵과 그 울적함을
그리고 마음의 고해실에서 속삭인
그 끔찍스런 고백을

영적 여명

L'Aube spirituelle

탕아의 방에도 희뿌연 여명이
괴롭히는 이상과 함께 들어오며는
신비로운 복수자에 흔들리어
한 천사가 졸던 야수 속에서 눈을 뜬다

이를 수 없는 '영혼의 창공'에서
아직도 꿈속에서 괴로워하는 겁먹은 사나이 앞에
심연의 매혹을 펼치며 잠겨든다
그토록 다정한 '여신'이여, 맑고 순수한 '인간'이여

어리석은 잔치의 김 서린 찌꺼기 위에도
한결 또렷하고, 장밋빛 경쾌한 그대의 추억이
크게 뜬 내 눈앞에 끊임없이 나풀댄다

햇빛은 이제 촛불을 흐려 놓았다
이처럼, 언제나 승리자인 그대 모습은
찬란한 영혼, 불멸의 태양과도 같구나!

황혼의 조화

Harmonie du Soir

때가 이르러, 꽃송이 하나하나
줄기 위로 하늘거리며, 향로처럼 향내 풍기고
소리와 향기가 저녁 하늘에 맴돌아
우울한 왈츠, 답답한 어지러움이여!

꽃송이 하나하나 향로처럼 향내 풍기고
바이올린은 비통한 마음인 양 흐느낀다
우울한 왈츠, 답답한 어지러움이여!
하늘은 대제단처럼 쓸쓸하고 아름답고
태양은 저절로 엉키는 제 핏속에 잠기었다

망막한 허무를 증오하는 다정한 마음
찬란한 과거의 온갖 유물을 그러모은다!
태양은 저절로 엉키는 제 핏속에 잠기었고……
그대 추억은 내 마음속에 성체합(聖體盒)인 양 빛나누
나!

향수병

Le Flocon

어떤 물질에도 스며 나오는, 강하게 쏘는 향기가 있다
유리도 파고드는 향기라고 할까
동양에서 만든 작은 함
오만상 찌푸리며 삐걱대는 자물쇠 열어 보며는

혹은 텅 빈 집 곰팡이 냄새 물씬 나는
먼지투성이 새까만 어느 옷장을 열면
가끔 옛 추억 간직한 낡은 향수병이 보이고
거기 옛 사람의 영혼 되살아나 생생하게 용솟음친다

침울한 번데기처럼, 그 속엔 수많은 상념이 잠들어
무거운 어둠 속에서 조용히 떨며
날개를 펴고 날아간다
하늘색으로 물들고, 분홍색 칠해지고, 금으로 치장되어서

저기 취한 추억이 흐린 대기 속에서 펄럭인다 눈이 감긴다
'현기증'이 패배된 영혼을 쥐어 잡고 두 손으로 밀어낸다

인간의 독기로 어두워진 심연을 향해

또 천 년 묵은 심연 가에 쓰러뜨린다
거기엔 냄새 풍기며 제 수의 찢고 있는 나사로[1]처럼
썩고, 묘하고, 음산한 옛사람을 닮은
유령 같은 송장이 꿈틀대며 잠을 깬다

그처럼 나도 사람들의 기억에서 사라져
해묵은 향수병처럼 늙고 먼지가 끼고
추하고, 천하고, 끈적거리고, 금이 가서
불길한 옷장 속에 내던졌을 때

나는 네 관이 되련다, 사랑스런 악취여!
네 힘과 독기의 증인 말이다
천사가 마련해 준 사랑하는 독소여!
나를 갉아먹는 액체, 오, 내 마음의 생명이요 또한 죽
음이여!

---

1) 요한복음 11장에 나오는 인물. 예수에 의해 죽은 지 4일 만에 되
살아났다.

독(毒)

Le Poison

술은 아무리 누추한 빈민굴도
기억처럼 화려하게 치장하고
그 붉은 기운 어린 금빛 속에
우화 같은 회랑 솟아오르게 한다
마치 흐린 하늘에 저무는 태양처럼

아편은 무궁함을 더욱 넓히고
무한을 더욱 늘이며
시간을 규명하고, 쾌락을 파고들어
답답하고 침통한 쾌락으로
내 영혼 철철 넘치도록 가득 채운다

그것은 모두 그대의 두 눈, 그대의 초록색 눈에서
흘러내리는 독만 못하다
내 영혼 떨며 거꾸로 비춰 주는 호수……
내 꿈은 떼지어 와서
그 쓰디쓴 심연에서 갈증을 푼다

그것은 모두 나를 물어뜯는 그대의 침의

마력엔 비길 수 없다
그것은 후회 없이 망각 속에 내 영혼을 잠그고
현기증 쓸어 가며
죽음의 물가로 허약한 내 영혼 굴리어 가는구나!

안개 낀 하늘

Ciel brouillé

당신의 눈길은 안개로 덮인 듯
신비로운 당신의 눈은(푸른빛, 잿빛 아니면 초록빛일
까?)
다정했다간 생각에 잠기고, 그러단 매정스러워
무정하고 우중충한 하늘을 연상케 한다

그대는 따스하고 안개 낀 즐거운 날들을 생각나게 한
다
매혹된 마음들을 눈물로 녹이는 날들을
가슴을 쥐어짜는 알 수 없는 아픔에 비틀려
너무나 곤두세운 신경이 잠자는 정신을 비웃을 때

그대는 이따금 안개 자욱한 계절의
햇빛이 비쳐 주는 저 아름다운 수평선 같아……
얼마나 그대는 찬란한가, 안개 낀 하늘에서 떨어지는
햇살이 불태우는 젖은 풍경이여!

오, 위험한 여인이여, 오 매혹적인 풍토여!
그대의 눈과 서리, 나 또 사랑하여

빙하와 쇠보다 더욱 날카로운 쾌락을
혹독한 겨울에서 끌어낼 수 있을까?

고양이

Le Chat

I

힘 세고 다정하고 잘생긴 고양이가
제 집 속을 거닐듯
내 머릿속을 돌아다닌다
야옹 하는 울음소리 겨우 들릴락말락

그 소리는 다정하고 은은하지만
평온할 때나 으르렁거릴 때나
그 목소리 언제나 풍부하고 그윽하다
바로 그게 그의 매력, 그의 비밀

내 마음의 가장 깊고 어두운 밑바닥에
구슬처럼 굴러서 스며드는 그 목소리
운율 좋은 시구처럼 나를 가득 채워
미약처럼 나를 즐겁게 한다

그 목소리 지독한 괴로움도 달래 주고
온갖 황홀을 간직하고 있어
길고 긴 사연들을 말하는 데에도
몇 마디 말소리도 필요치 않다

그래, 완전한 악기인 내 마음 사로잡아
이보다 더 숭고한 가락으로
제일 잘 울리는 내 마음의 줄을
노래부르게 할 활이란 없는 것이다

너의 목소리밖엔, 신비스런 고양이
천사 같은 고양이, 이상한 고양이야
네 안에선, 천사에게서처럼
만사가 미묘하고 조화를 이루는구나!

II
금빛과 밤색의 그의 털에서
풍기는 향내가 하도 감미로워
어느 날 저녁, 한 번, 단 한 번 어루만졌더니
그 향기 내 몸에 배어들었다

그건 이곳을 지켜 주는 신령
제 왕국 안에 일어나는 모든 일을
판결하고 다스리고 영감을 준다
그건 요정일까? 아니면 잡신일까?

사랑하는 이 내 고양이 쪽으로
자석에 끌리듯 끌린 내 눈이
온순하게도 되돌아와서는
내 마음속을 들여다보게 되면

나는 그만 깜짝 놀란다
창백한 눈동자의 타오르는 불
뚫어지게 나를 주시하는
밝은 신호등, 살아 있는 오팔

아름다운 배

Le beau Navire

네게 들려주고 싶어라, 오, 나른한 매혹의 여인이여!
너의 젊음 치장하는 갖가지 아름다움을
앳된 모습에 성숙함이 어울려진
너의 그 아리따움 그려 보이고 싶어라

폭 넓은 네 치마로 바람을 일으키며 걸어갈 땐
넌 흡사 바다로 나아가는 아름다운 한 척의 배
돛 달고, 즐거운 리듬 타고서
나른하게 느릿느릿 흔들며 나아가는 한 척의 배

둥그스름 퍼진 네 목, 통통한 네 어깨 위에서
네 머리가 요사한 태를 부리며 건들거리고
부드럽게 하나 의기양양하게
의젓한 여인, 네가 길을 가누나

네게 들려주고 싶어라 오, 나른한 매혹의 여인이여!
너의 젊음 치장하는 갖가지 아름다움을
앳된 모습에 성숙함이 한데 어울린
너의 그 아리따움 그려 보이고 싶어라

물결 무늬 옷 속으로 불쑥 솟은 젖가슴
자랑스런 제 젖가슴은 아름다운 옷장
불룩하고 윤 나는 그 덫으로
방패처럼 번갯불과 나꾸어 챈다

분홍빛 꼭지로 무장하고 도전하는 방패여!
정신과 마음을 황홀하게 해주는
포도주와 향수 그리고 음료수
맛있는 것들로 가득 찬, 달콤한 비밀을 간직한 장이여!

폭 넓은 치맛자락 바람을 일으키며 걸어갈 땐
넌 흡사 바다로 나아가는 아름다운 한 척의 배
돛 달고 즐거운 리듬 타고서
나른하게 느릿느릿 흔들며 나아가는 한 척의 배

미끈한 네 종아리, 차는 듯 밀어내는 치맛자락 속에서
은근한 욕정을 부추기어 출렁이게 한다
깊숙한 항아리 속에 든 검은 미약을
휘저어 뒤지는 두 마녀처럼

조숙한 역사(力士)쯤은 장난하듯 해치울 네 팔은
번쩍이는 보아 뱀의 만만찮은 적수
아귀차게 껴안도록 만들어진 것
네 애인 네 맘속에 새겨 놓으려는 듯이

둥그스름 퍼진 네 목, 통통한 네 어깨 위에는
네 머리가 요사한 태를 부리며 건들거리고
온화하고도 의기양양하게
의젓한 여인, 너, 길을 가누나

여행에의 초대

L'Invitation au Voyage

내 사랑, 내 누이여
생각해 보라
거기 가 같이 사는 감미로움을!
한가로이 사랑하고
사랑하다 죽으리
그대 닮은 그 고장에서!
그 흐린 하늘의 젖은 태양은
내 마음엔 무한한 신비로운 매력
눈물 속에서
반짝거리는
믿지 못할 그대 눈동자처럼

거기엔 모두가 질서와 아름다움
호사와 고요, 그리고 쾌락

세월에 닦여
반들거리는 가구들
우리 방을 장식해 주리라
은은한 호박(琥珀) 내음에

제 향기 뒤섞는
보기 드문 진귀한 꽃들
호화로운 천장
깊숙한 거울
동양의 현란한 영화 이 모두가
거기서 속삭이리라
은밀하게 마음과 마음에
다정스런 제 고장의 말로

거기엔 모두가 질서요, 아름다움
호사와 고요, 그리고 쾌락

보라, 저 운하에 잠이 든 배들을
방랑벽에 젖은 그들을
하찮은 그대 욕망
빠짐없이 채워 주려
그들은 온다 세상 끝에서
—저무는 해는
다시금 물들인다
들과 운하와 온 도시를
보랏빛 금빛으로
세계는 잠이 든다. 따뜻한 햇빛 속에서
거기엔 모두가 질서요 아름다움
호사와 고요, 그리고 쾌락

돌이킬 수 없는 일

L'Irréparable

저 해묵은 '후회'의 목을 죌 수 있을까?
살아서 꿈틀대고 목을 뒤틀며
우리를 갉아먹고 살이 찐다. 송장에 구더기처럼
떡갈나무에 송충이처럼
저 혹독한 '후회'의 목을 죌 수 있을까?

무슨 묘약, 무슨 술, 무슨 탕약으로
잠재울 수 있을까, 이 늙은 원수를
매춘부처럼 탐욕스런 파괴자
개미처럼 악착 같은 이 원수를
무슨 묘약, 무슨 술, 무슨 탕약으로?

말하라, 아름다운 마술이여, 그대 알진데 말해 다오
부상병에 짓밟히고
말발굽에 뭉개져 죽어 가는 병사와 같이
근심이 가득한 이 내 마음에게
말하라, 아름다운 요술녀, 오, 그대 알진데 말해 다오

이리가 벌써 냄새를 맡고

까마귀가 노려보는 이 빈사자에게
기진한 이 병사에게! 십자가도 무덤도 없이
이대로 쓰러져야 하는지
이리가 벌써 냄새를 맡는 이 가엾은 빈사자여!

칠흑 같이 어두운 하늘을 밝힐 수 있을까?
아침도 없고 저녁도 없이
별과 번개도 없이, 음울한 송진보다 더 짙은
저 어둠 찢어 버릴 수 있을까?
칠흑 같이 어두운 하늘을 밝힐 수 있을까?

주막집 유리창에서 반짝이는 희망의 등불은 꺼지고,
영원히 사라졌도다!
달빛도 불빛도 없이 궂은 길 헤매는 순교자는
어디서 묵을 곳을 찾아 내려나!
주막집 유리창에 붙은 악마가 모조리 꺼버렸구나!

사랑스런 요녀 미(美)여, 그대는 영벌(永罰)받는 자들
을 사랑하는가?
말해 보렴, 용서받지 못할 것을 그대는 아는가?
우리의 심장을 향해 독화살을 겨누고 있는
저 '후회'를 그대는 알고 있는가!
사랑스런 요녀여 그대는 영벌(永罰)받은 자들을 사랑하
는가?

돌이킬 수 없는 후회가 저주받은 이빨로 갉아먹는다
가련한 기념비, 우리의 넋을
그리고 때때로 흰개미처럼, 반석 위에서부터 먹어들어
그 건물을 넘어뜨린다
돌이킬 수 없는 후회가 저주받은 이빨로 갉아먹는다

어느 땐가 나는 보았다, 어느 삼류 극장 안에서
오케스트라 우렁차게 울려 퍼지자, 한 선녀 나타나 지
옥같이 캄캄한 하늘에
기적 같은 새벽의 불을 켜는 것을
—때때로 나는 보았다, 어느 삼류 극장 안에서

전신과 빛과 금과 망사로 휘감은 한 사람이
어마어마한 '마귀'를 때려 눕히는 것을
그러나 한 번도 법열이 휩쓸리지 못하는 내 가슴은
언제까지나 언제까지나 헛되이
망사 날개 달린 인간을 기다리는 극장이랄까!

정담(情談)

Causerie

그대는 맑고 불그스레 아름다운 가을 하늘!
그러나 슬픔은 내 가슴에 바다처럼 밀려와
썰물이 나갈 때엔, 침울한 내 입술에
쓰디쓴 진흙의 쓰라린 추억이 남는다

그대 손길 허탈한 내 가슴 어루만져 본들 소용없는 짓
친구여, 그대 손이 찾는 건
여자의 사나운 이빨과 손톱으로 멍이 든 곳
더이상 내 심장 찾지 마오, 짐승들이 먹어치웠으니

내 마음은 군중의 환호성으로 짓밟힌 궁궐
우리는 취하여
서로 죽이고, 머리칼을 움켜쥔다
—벌거숭이 그대의 목덜미 둘레에는 향기가 감돈다

오, 아름다움이여, 영혼의 사정없는 채찍이여, 그대는
원하겠지!
잔칫날처럼 휘황하게 빛나는 그대 두 눈으로
짐승들이 아껴 놓아 둔 이 누더기를, 깨끗이 태워 버
려라!

가을의 노래

Chant d'Automne

이제 곧 우리는 차디찬 암흑 속에 빠지리라
잘 가라, 너무나 짧았던 우리네 여름날의 강렬한 빛이여!
벌써 나는 듣노라
죽음 같은 전율을 느끼며
안마당 포석 위로 쿵쿵대며 떨어지는 나무 소리를

겨울의 온갖 것 다시 내 속에 되살아나리
분노와 증오, 떨림과 공포, 그리고 강요된 고역
그리하여 내 마음은 북극의 지옥에 뜬 태양처럼
시뻘겋게 얼어붙은 한 개의 핏덩이에 지나지 않으리라

나는 떨면서 듣노라, 떨어지는 장작 소리 하나하나를
사람이 세우는 교수대도 이보다 더 무디게 울리지 않
으리라
내 정신은 끈질기게 쳐대는 육중한 당추에
허물어져 가는 탑과도 같구나

단조로운 그 메아리는 내 마음에 울려 퍼져
그 어디서 누군가가 서둘러 관에다 못 박는 소리 들리

는 듯
누구를 위해설까?
아! 어제가 여름인데
그 신비로운 소리는 출발처럼 울린다

사랑하노라, 갸름한 당신의 눈에서 빛나는 초록빛을
다정한 미녀여, 하지만 오늘 나에겐 모든 것이 쓰디쓴 맛
그 무엇도, 당신의 사랑도, 규방도, 난롯불도
나에겐 바다 위에 빛나는 태양만 못하다오

그렇지만 사랑해 주오, 정다운 님이여! 어머니가 되어
주오
은혜를 모르고, 짓궂은 사람일지라도
애인이거나 누님이거나, 영광스런 가을의
아니면 넘어가는 태양의 순간적 감미로움이 되어 주오
덧없는 인생이여!
무덤은 기다린다 무덤은 굶주린 입!
아! 제발 내 이마 그대 무릎 위에 파묻고
작열하던 백열(白熱)의 여름을 아쉬워하면서
만추의 노랗고 다사로운 그 빛을 맛보게 해주오!

어느 마돈나에게

A une Madone

스페인 취향의 봉납물

내 사랑, 마돈나여, 나 그대 위해 만들고 싶어
내 절망의 심오한 바닥에 지하 계단을
또 내 마음속 제일 어두운 구석에
이승의 욕망과 비웃는 눈길 멀리 떠나
하늘색과 금빛으로 온통 단장한 둥우리를 파고
눈부신 '상', 그대를 세우리라
수정 같은 운(韻)으로 교묘하게 아로새긴
순수한 보석 그물, 매만진 내 '시'를 가지고
그대 머리 위에 큼직한 '관'을 만들어 주리
그리하여, 오, 언젠가는 죽게 될 마돈나여, 내 질투로
그대의 '망토'를 재어 주리라
의심으로 안감을 넣는 딱딱하고 묵직한 '미개인' 스타
일로
파수막처럼 그대 매력을 거기에 가두어 두리
'진주' 아닌 내 '눈물' 모두 모아 수를 놓아서!
그대의 '옷'을 떨며 물결치는 나의 '욕망'
굽이치는 나의 '욕망'
봉우리에서는 흔들거리고, 계곡에서는 쉬며
그대의 장밋빛 도는 하얀 몸 전신을 입맞춤으로 감싼다
나는 경외의 마음으로 숭고한 그대 발밑에 밟힐

고운 비단 구두 그대에게 만들어 주리라
그것은 부드러운 포옹 속에 그대의 발 감싸 주고
변함없는 거푸집처럼 그대의 발 매무새를 간직하리라
내 정성 어린 온갖 재주 다 부려서도
그대의 발판으로 은월(銀月)을 새기지 못한다면
내 오장육부 물어뜯는 뱀1)을, 그대 짓밟고 비웃도록
그대 발꿈치 아래에 갖다 놓으리
속죄로 넘쳐흐르는 승리의 여왕이여
증오와 독소가 전신에 가득 찬 저 괴물을
그대는 보리라, 나의 온갖 상념들이 꽃으로 덮인
동정(童貞) 여왕의 제단 앞에 늘어선 촛불처럼
파랗게 칠한 천장을 별처럼 비추면서
불타는 눈으로 항상 그대를 바라보고 있는 것을
내 모든 것에 다하여 그대를 사랑하고 숭배하기에
모든 것이 '안식향' '훈향' '유향'과 '몰약'이 되니
백설에 덮인 봉우리, 그대를 향해
끊임없이 폭풍우 실은 내 정신은 증기되어 올라가리라

마침내, 그대 '마리아'의 역할을 완수하고
사랑과 잔인을 뒤섞기 위하여
침울한 쾌락이여! 일곱 가지 중죄 가지고
한많은 사형 집행관
나는 일곱 자루 잘 드는 칼을 만들어

---

1) 질투를 상징한다.

매정한 요술장이처럼 그대의 사랑 가장 깊은 곳을 과
녁으로 삼고
팔딱이는 그대 심장에 모조리 꽂으리라
흐느끼는 그대 심장에, 선혈이 흐르는 그대 심장에

오후의 노래

Chanson d'Après-midi

요염한 네 눈썹이
야릇하게 보이긴 해도
천사 같지는 않아
매혹적인 눈을 가진 마녀

난 너를 숭배해
오, 나의 변덕스런 나의 끔직스런 정열이여!
우상 섬기는 스님처럼
경건한 마음으로

사막과 숲의 향기가
뻣뻣한 네 머리채에 풍기고
네 머리는 알 수 없는
수수께끼 같은 모습

향로의 언저리처럼
네 살결엔 향내 감돌고
넌 저녁처럼 사람을 홀리누나
검고 뜨거운 요정이여

아, 제아무리 강한 미약도
너의 나태만 못하리라
죽은 사람을 되살리는
애무를 너는 알고 있겠지!

너의 간드러진 허리는
등과 젖가슴을 못 잊어 하고
나른한 네 교태는
방석마저 반하게 하누나

때때로 까닭 모를 너의 광란
가라앉히느라고
정색을 하고, 아낌없이
깨물음과 입맞춤을 퍼붓는다

갈색 머리 여인이여, 너 조소하며
내 가슴 찢어 놓고는
달빛같이 보드라운 시선을
내 마음속에 던지는구나

네 비단 구두 밑에
네 예쁘장한 명주 발 아래
나는 놓으리라
내 큰 기쁨과, 내 정신과 내 운명을

빛이며 빛깔인 너
너로 인해 회복된 내 영혼이여!
내 마음속 어두운 시베리아 벌판에
폭발하는 열기여!

시지나

Sisina

상상해 보오, 근사한 옷차림을 한 디안느[1]를
가시덤불 헤치며 숲속을 달리고
머리칼이 바람에 날리며, 몰이꾼의 환성에 취하여
훌륭한 기사들도 무색할 늠름한 그 모습을!

그대는 보았는가, 살육을 즐기는 테루아뉴[2]를
맨발의 민중을 부추기어 돌격케 하고
뺨과 눈은 불타오르고, 제 맡은 역할 능란하게 연기하며
검을 손에 쥐고 궁궐의 층계를 올라가는 그녀를?

시지나 또한 그러하지! 그러나 다정다감한 이 여장부는
살육을 즐기는 만큼 자비로운 마음도 가져
그녀의 용맹은 화약과 북소리에 끓어 올라도

애원자들 앞에서는 무기를 버릴 줄 알고
불꽃으로 휩쓸린 그녀의 가슴은
그럴 만한 사람에겐 항상 눈물로 가득 찬 저수지 같아라

---

1) 신화에 나오는 사냥의 여신.
2) 프랑스 대혁명 때 '자유의 여류 투사'라고 불렸던 테루아뉴 드 메
　 리쿠르를 가리킴.

나의 프랑시스카를 찬양해

Francíscae meæ laudes

새로운 현악기로 그대를 찬양하리
고독한 내 마음속에
즐거웁게 하늘대는 어린 초목이여

꽃다발을 몸에 감으렴
온갖 죄악 깨끗이 씻어 주는
오, 사랑스런 여인이여!
축복받은 '망각의 강'처럼
자력(磁力) 가득 머금은 힘을 가진
그대 입맞춤으로 갈증을 풀련다

죄많은 열정의 폭풍우가
모든 길 위로 휘몰아칠 때
그대 나타났었지, 오, 여신이여

괴로운 파선 속에서도
찾아낸 구원의 별과도 같이……
이 내 마음 그대 제단에 바치리!

미덕으로 넘치는 연못이여
영원한 청춘의 샘이여
그대 다문 입술 열어 주렴!

그대는 누추한 것들을 불사른다
거친 것을 판판하게 만들고
연약한 것은 굳건히 만든다

굶주림 속에선 나의 토굴
어둠 속에선 나의 등불
항상 올바른 길로 인도해 다오

나에게 정력을 북돋워 다오
향그러운 향기 풍기는
감미로운 목욕이여!

내 허리 둘레에서 빛나라
오, 성수에 적신
순수한 갑옷이여

보석 박힌 성체의 잔
짭짤한 빵
맛있는 음식
성스런 포도주, 프랑시스카여!

한 식민지 출신의 백인 부인에게
A une Dame Créole

태양이 애무하는 향그러운 고장에서
나는 알았네, 게으름이 비오듯이 사람들 눈 위로 내려
쌓이는
종려나무와 새빨갛게 물든 나무 그늘 아래서
야릇한 매력의 식민지 출신의 백인 부인을

파리하고 열기 도는 얼굴빛의 그 매혹적인 갈색 여인은
우아하고 목덜미에 교태를 부리고
훤칠하고 날씬한 키에 사냥꾼처럼 걸어갔네
고요한 그녀의 미소, 늠름한 두 눈

부인, 당신의 만일 진정한 영광의 나라에
센 강이나 푸른 루아르 강변에 가신다면
고색 찬란한 저택 장식에 알맞는 미녀여

당신은 그늘진 피난처에 나른히 들어앉아서
그 커다란 두 눈이 검둥이들보다 더 순하게 만들어 놓을
시인들의 가슴속에 수많은 소네트를 싹트게 하리라

슬픔과 방황

Moesta et Errabunda

말해 봐요, 아가트여, 네 마음 때때로 날아가는지
더러운 도시의 검은 대양 지나 멀리
처녀성(處女性)처럼 푸르고, 맑고, 깊은
찬란하게 빛나는 또 하나의 대양을 향하여?
말해 봐요 아가트여, 네 마음 때때로 날아가는지?

바다, 망막한 바다여, 우리네 노고를 위로하라!
어느 귀신이 투덜대는 바람의 거대한 풍금이 반주하는
쉰 목소리의 여가수, 바다에게
자장가라는 근사한 재주를 부여했을까?
바다, 망막한 바다여, 우리네 노고를 위로하라!

수레여, 날 실어 가렴! 돛단배여 날 앗아 가렴!
멀리! 멀리! 여긴 우리의 눈물로 만들어진 진창!
정말로 아가트의 슬픈 마음이 때때로 부르짖는가?
뉘우침과 죄악과 괴로움에서 멀리
수레여, 날 실어 가렴! 돛단배여 날 앗아 가렴!

향기로운 낙원이여, 그대는 멀기도 하다

맑은 창공 아랜 모든 것이 사랑이요 기쁨일 뿐
거기선 사랑하는 모두가 사랑받을 가치가 있는 것
순수한 쾌락 속에 마음이 잠기는 그곳!
향기로운 낙원이여, 그대는 멀기도 하다!

하지만 설익은 사랑의 푸른 낙원은
달음질과 노래, 입맞춤과 꽃다발은
저녁이면 숲 그늘에서 마신 술잔과 더불어
언덕 너머에서 떨며 울리는 바이올린 소리는
—하지만 설익은 사랑의 푸른 낙원은

은밀한 기쁨 넘치는 순결한 낙원은
언제부터 인도와 중국보다 더 멀어졌을까?
한탄하며 그것을 되불러 와
은방울 목소리로 되살릴 순 없을까?
은밀한 기쁨 넘치는 순결한 낙원을?

유 령

Le Revenant

짐승의 눈을 가진 천사들처럼
그대의 규방으로 되돌아와
캄캄한 밤의 어둠을 파고
소리 없이 그대 곁에 기어들리라

나 또한 그대에게 주리라
갈색 머리 여인이여 싸늘한 달빛 같은
입맞춤을 웅덩이 둘레에서
기어다니는 뱀의 애무를

뿌연 아침이 찾아오며는
텅 빈 내 자리를 그대는 알리라
저녁까지 그것은 싸늘하리라

애정으로 남들이 그렇게 하듯
그대 생명과 그대 젊음에
나는 공포로 군림하고 싶어

가을의 소네트

Sonnet d'Automne

수정처럼 맑은 그대의 눈이 내게 묻는다
괴팍한 님이여, 당신에게 내가 무슨 매력을 드리나요?
—그저 예쁘게, 입 다물고 있어요! 모든 것이
태고적 짐승의 순박함 말고는 다 괴롭히는 내 마음은

그대에게 보이고 싶지 않다, 지옥 같은 비밀을
불꽃으로 쓰여진 제 우울한 전설도
부드러운 손, 날 흔들어 오래 잠재우는 요람이여
나는 정열을 미워하고, 정신은 나를 괴롭히누나!

우린 조용히 살자꾸나, '사랑의 신'은 제 집 속에
숨어서 몰래 운명의 활을 당긴다
그의 낡아빠진 무기고의 무기를 난 알고 있다

죄악, 공포, 그리고 미친 짓! —오, 창백한 마르그리트
꽃이여!
너 또한 나처럼 가을의 태양 아니냐?
오, 눈부시게 흰, 그토록 쌀쌀한 나의 마르그리트여!

달의 슬픔

Tristesse de la Lune

이 저녁, 달은 더없이 나른하게 꿈꾼다
포개 놓은 방석 위에서 잠들기 전에
무심한 손길로 가벼웁게 젖가슴 언저리를
어루만지는 아름다운 여인의 모습을 하고

보드라운 눈사태치는 비단결 등을 기대고
쓰려져 가듯 오랫동안 기절했다가
피는 꽃처럼 창공에 솟아오르는
하얀 환영들을 둘러다본다

이따금 지구 위에서 한가로운 나태에 지쳐
남모를 눈물을 흘려 보내면
깨어 있는 정신의 경건한 시인은

오팔 조각처럼 무지갯빛 반짝이는
파리한 달의 눈물 오목한 손바닥에 담아
해의 눈 못 미치는 가슴속에 간직한다

고양이들

Les Chats

열렬한 연인들과 엄격한 학자들은
중년에 접어들면 똑같이 사랑한다
집안의 자랑 거리 힘세고 다정한 고양이들
그들처럼 추위 타고 움직이기 싫어하는 고양이들을

학문과 쾌락의 친구인 고양이들은
어둠과 정적의 공포를 찾아다닌다
'암흑의 신'은 그들을 상여(喪輿) 말로 기꺼이 부렸겠지
자존심을 죽이고 복종하여 준다면

공상에 잠길 때는 심오한 고독 속에
누워 있는 우람한 스핑크스의 고상한 자태 닮아
가없는 꿈결 속에 잠들어 있는 듯

풍만한 허리는 마술의 불꽃 가득하고
가는 모래알 같은 금가루는 별들인 양
어렴풋이 신비로운 눈동자에서 반짝인다

부엉이들

Les Hiboux

검푸른 보금자리 주목나무 아래
부엉이들 줄지어 앉아 있다
이방의 신들처럼 붉은 눈으로
쏘아 보며, 그들은 명상에 잠겨 있다

꼼짝 않고 그러고 있으리라
우울한 시간 다가오고
비낀 햇살 밀어내면서
어둠이 찾아들 때까지

그들의 모습은 현자를 일깨우리
이승에서 두려워할 건
소란과 움직임이라고

지나가는 그림자에 취한 사람은
자리를 옮기고 싶어한 데에 대해
언제나 벌을 받는다고

파이프

La Pipe

나는 어느 작가의 파이프
아비시니아 아니 카프라리아 여자 같은
나의 얼굴 바라다보면 알게 되지요
나의 주인님은 말도 못할 골초임을

주인님이 번민으로 괴로워할 때면
나는 마냥 연기를 뿜어 올려요
일터에서 돌아오는 농부를 위해
저녁밥 준비하는 오두막처럼

불타는 내 입에서 솟아오르는
파랗게 한들대는 그물 속에서
그의 영혼 얼싸안고 재워 주지요

그리하여 위로의 분위기 베풀어
그의 마음을 황홀케 하고
시달린 그의 머리 식혀 주어요

음 악

La Musique

음악은 자주 바다처럼 나를 사로잡는다!
창백한 내 별을 향하여
안개 낀 천상 아래, 아니 망막한 창공 아래
나는 돛을 올린다

부푼 돛처럼 앞으로 가슴 내밀고
허파에 바람 가득 채우고
나는 기어오른다, 밤이 가리는
겹겹이 쌓인 물결의 등을

나는 느낀다, 요동치는 배의 온갖 열정이
내 속에서 진동함을
순풍과 태풍, 그리고 그 격변이

끝없는 심연 위에
나를 얼린다. —이따금 풍랑이 자고 잔잔한 바다
내 절망의 커다란 거울이여!

무 덤

Sépulture

답답하고 어두운 어느 날 밤에
한 착한 기독교인이, 자비심에서
어느 오랜 폐허 아래
뽐내던 그대 몸을 묻어 준다면

청초한 하늘의 별들이 졸리운 눈들을 감고
거미가 거기에 제 줄을 치고
독사가 새끼를 치는 시간에

그대는 들으리라, 일년 내내
신고받은 그대 머리 위에서
늑대들의 구슬픈 울음소리

또한 굶주린 마녀들의 울부짖는 소리
음탕한 노인들이 장난치는 소리
음흉한 협잡꾼이 음모하는 소리

환상적인 판화

Une Gravure fantastique

이 해괴한 유령이 몸에 걸친 건 오직
제 해골 이마 위에 괴상스레 갖다 붙인
사육제 냄새 나는 끔찍스런 왕관뿐
박차도 없고, 채찍도 없이, 그는 말의 숨을 가쁘게 한다
그 야윈 노마(駑馬)도 그와 같은 하나의 귀신
간질병 환자처럼 콧구멍에서 거품을 뿜는다
그들은 둘 다 허공을 가로질러 질주하며
무모한 발굽으로 광활한 우주를 짓밟는다
기사는 그의 말이 짓이기는 이름 없는
군중들 위로, 번쩍거리는 칼을 휘두르고
궁궐을 휘둘러보는 왕자처럼
지평선도 없이, 아득하고 차디찬 묘지
거기엔 하얗게 바랜 햇빛 아래
고금의 역사에 나오는 사람들이 잠들어 있다

즐거운 사자(死者)

Le Mort joyeux

달팽이 우글대는 기름진 땅에
내 스스로 깊은 구멍을 파고
거기에 한가로이 내 늙은 뼈 눕혀
물 속의 상어처럼 망각 속에 잠들고 싶다

나는 유언도 싫고 무덤도 싫다
사람들의 눈물을 청하기보다
차라리 살아서 까마귀떼 불러
내 추한 해골 구석구석 피흘리고 싶다

오, 구더기여! 귀도 눈도 없는 검은 동료들이여!
보라, 자유롭고 즐거운 죽은 자 너희들에게 왔도다
호색적인 철학자, 부패의 아들들이여
이제 후회없이 내 육신 파고들어 가라
그리하여 나에게 말하라, 아직도 무슨 고통 남아 있는지
주검들 사이에 끼어 있는 영혼 없는 이 늙은 죽은 몸에!

증오의 물통

Le Tonneau de la Haine

'증오'는 '다나이드'1)의 물통
광기 어린 '복수'가 붉고 억센 두 팔로
사자(死者)의 피눈물을 길어 올려서
그 캄캄한 빈 통 속에 아무리 부어 넣어도 소용이 없다
'악마'는 그 깊은 심연에 남모를 구멍을 뚫어
거기서 수천 년의 땀과 노력이 새어 나간다
아무리 '복수'가 제 희생물에 생명을 주고
그들의 육신 되살려 피를 다시 짜내더라도

'증오'는 선술집 깊숙이 자리잡은 주정뱅이
마시면 마실수록 목이 마른 술인가
자르면 자를수록 자라나는 레른의 칠두사(七頭蛇)2)인가

—그러나 주정뱅이는 세상 모르게 취할 줄 알지만
'증오'는 식탁 아래 쓰러져 잘 수도 없는
비참한 운명을 타고난 것

---

1) 50명의 다나오스의 딸들. 한 사람을 제외하고 결혼 첫날밤에 모두
   제 남편을 죽여서 구멍 뚫린 통에 물을 긷는 벌을 받게 된다.
2) 헤라클레스가 무찔렀다는 괴물. 일곱 개의 머리를 한꺼번에 자르
   지 않으며 자르면 자를수록 돋아났다고 한다.

금간 종

La Cloche fêlée

쓸쓸하고 다정하여라, 겨울날 밤중에
탁탁 튀기며 연기 나는 불 가에서
안개 속에 노래하는 종소리와 함께
서서히 떠오르는 아득한 추억 소리 듣노라면

기운 찬 목청을 가진 종, 너는 행복도 하다
나이는 들어도, 날쌔고 튼튼하여
근엄한 외침 충실히 지르누나
막사 아래서 밤새는 늙은 병사인 양!

나로 말하면, 내 영혼에 금이 갔도다 권태 속에서
내 마음의 노래로 차가운 밤 공기 퍼지게 하고파도
이따금 내 목소리는 잦아들어

마치 피의 호숫가, 송장 더미 아래
무진 애를 써도, 꼼짝 못하고 죽어가는
버림받은 부상병의 임종의 헐떡임처럼

우 울(1)

Spleen

'장맛달'1)은 온 도시에 화난 것처럼
항아리째 주룩주룩 퍼붓는다
이웃 공동묘지 주민들에게 음산한 추위를
안개 낀 교회엔 어른대는 죽음의 그림자

내 고양이는 방바닥에서 잠자리를 찾으며
옴이 올라 메마른 몸을 쉬지 않고 흔들고
늙은 시인의 영혼은 처마 속을 헤매며
추위 타는 유령의 구성진 소릴 지른다

인경은 울부짖고, 연기 나는 장작불에서
탁탁 튀기는 소리, 목 쉰 추시계를 반주하는데
그동안 수종병 걸려 죽은 노파의 유산인

고약한 냄새 코를 찌르는 노름판에서
멋쟁이 하트의 재크와 스페이드의 퀸
침울하게 사라진
그들의 옛 사랑을 애기하도다

---

1) 프랑스의 공화력 다섯째 달로 1월 20일 또는 22일부터 2월 19일
또는 21일까지.

우 울(2)

Spleen

나는 천 년을 산 것보다 더 많은 추억을 가지고 있다

계산서와 시, 원고, 연애편지와 소송 서류
사랑의 노래, 영수증에 돌돌 말린
묵직한 머리털로 가득 찬 서랍 달린 큼직한 옷장도
우울한 내 머릿속보다 더 많은 비밀 간직하지 않으리라
내 두뇌는 피라밋, 거대한 지하 매장소
공동묘지보다 더 많이 시체 간직하고 있는 곳
―나는 달빛마저 꺼리는 공동묘지
길쭉한 구더기들 후회처럼 줄지어 우굴거리고
언제나 내가 가장 아끼는 시체들 위로 악착같이 덤빈다
나는 시든 장미로 가득 찬 규방
거기엔 유행 지난 온갖 것들이 난잡하게 흩어져 있고
탄식하는 파스텔 화는 색이 바랜 '부셰'의 그림들만이
마개 빠진 향수병 향기를 맡고 있다

절뚝거리며 지루하게 지나가는 하루하루에 비길 것이
있으랴
눈이 자주 내리던 세월의 묵직한 눈송이 아래서

쓸쓸한 무관심의 결과인 권태가
영원불멸의 모습 띠고 나타나도다

—이제부터 너는, 오, 살아 있는 물질이여!
막연한 공포에 싸여 안개 자욱한 사하라 사막
저 깊은 곳에서 졸고 있는 화강암에 지나지 않는다
무심한 세상 사람에게 잊혀지고, 지도에도 버림받은
그 울분을 오직 석양빛에서만
노래부르는 한 늙은 스핑크스에

우 울(3)

Spleen

나는 마치 비 많은 나라의 임금처럼
돈은 많지만 무력하고, 젊지만 늙어빠져서
제 스승이 전하는 말씀도 업신여기고
제 강아지에도, 다른 짐승들에도 싫증이 났다
사냥감도, 매도, 아무것도 그를 즐겨 주지 못한다
발코니 앞에서 죽어가는 자기 백성도
총애받던 어릿광대의 우스꽝스런 노랫가락도
이 돌이킬 수 없는 환자의 이맛살을 펴진 못한다
나리꽃으로 수놓은 그의 잠자리는 무덤으로 바뀌고
아무 왕자들에게나 반해 버리는 의상 담당 시녀들이
제아무리 음란한 치장법을 강구해 보아도
이 젊은 시체에서 단 한 번의 미소도 끌어내지 못한다
그에게 금덩이를 만들어 주는 학자마저도
그의 존재에서 썩은 독소 뽑아 내지 못하였고
로마 사람들이 전해 준 권력자들이
만년에 갈망하는 그 피의 목욕도
이 얼빠진 송장을 데울 수 없다
거기엔 피 대신 '망각'의 초록빛 물이 흐른다

우　울(4)

Spleen

무겁고 나직한 하늘이 뚜껑처럼
오랜 권태에 시달려 울부짖는 정신을 내리누르고
지평선 사방을 감싸며 우리에게
밤보다 더 쓸쓸한 검은 햇빛을 퍼부을 때

대지는 축축한 토굴로 변하고
희망은 한 마리 박쥐처럼
겁먹은 날개로 벽을 치며
썩은 천장에 제 머리 박아 대며 날아가 버릴 때

끝없이 쏟아지는 빗줄기는
광막한 감옥의 창살을 닮고
한 떼의 더럽고 말없는 거미가
우리네 두뇌 깊숙이 들어와 줄을 칠 때

그때 종소리 갑자기 성난 듯 울려 퍼지고
하늘을 향해 끔찍한 울부짖음 퍼붓는다
끈질기게 푸념하기 시작하는
정처 없이 방황하는 귀신들처럼

—그리하여 북도, 음악도, 없는 긴 상여가
내 마음속에 서서히 줄지어 가고
희망은 패하여 눈물짓고, 잔인하고 포악한 고뇌가
푹 숙인 내 머리 위에 제 검은 기를 꽂는다

집 념

Obsession

거대한 숲, 그대는 대성당처럼 나를 두렵게 한다
그대는 풍금처럼 우렁차게 울리고
저주받은 우리의 가슴속
오랜 단말마의 헐떡거림, 진동하는 영원한 초상 방 속에
그대의 '애도가'가 메아리치도다

나는 네가 싫다, 대양이여! 네 도약과 소란을
내 정신 그 속에서 찾아본다
흐느낌과 모욕 가득 찬 패배자의 쓰디쓴 웃음을
나는 바다의 엄청난 웃음에서 듣노라

오, 밤이여!
네가 아는 언어로 말해 주는
저 별빛만 없다면
너는 내 마음에 들련만!
내가 찾고 있는 건 공허와 어둠, 그리고 헐벗음이기에!

그러나 암흑마저도 화포로다
거기에는 정다운 시선을 한 사라진 사람들이
내 눈에서 헤아릴 수 없이 솟아나 살아 움직이도다

허무의 맛

Le Goût du Néant

그 옛날 싸움 좋아하던 음울한 정신이여
네 정열을 부채질하여 박차 가하던 희망도
더이상 너를 올라타려 들지 않는구나!

수줍어 말고 드러누워라
장애물마다 발이 걸리는 늙은 말이여
체념하라, 내 마음이여, 짐승 같은 잠을 자거라

기진맥진 패한 정신이여! 늙은 약탈자
너에겐 이젠 사랑도 맛이 없고, 입씨름할 힘도 없다
그러니 잘 가거라, 나팔의 노래와 피리의 한숨이여!
쾌락이여, 토라지기 쉬운 이 침울한 마음 더이상 유혹
하지 말아라!

찬란한 봄도 제 향기 잃었느니라!
그리하여 시간은 시시각각 나를 집어삼킨다
쉬지 않고 내린 눈이 굳어진 육체를 삼키듯이
내가 하늘 높이서 둥그런 땅덩이 내려다보나
이 몸 가릴 오두막 한 채도 찾지 못하누나

눈사태여! 나 너와 함께 휩쓸려 내려갈 순 없을까

고통의 연금술
Alchimie de la Douleur

어떤 사람은 제 정열로 너를 비춰 주고
또 어떤 사람은 네 속에 제 슬픔을 불어넣는다
'자연'이여! 어떤 사람에게 '무덤이여!'라고 말하는 것은
다른 사람에게 '삶과 광채여!'라고 하는 말

나를 보살피면서
언제나 나를 겁먹게 하는 헤르메스여
그대는 나를 미다스 같은 사람으로 만드는구나
세상에 둘도 없는 그 우울한 연금술사처럼

그대의 힘을 입어
나는 금을 쇠로 천국을 지옥으로 변하게 한다
구름의 흰 수의 속에

나는 다정한 이의 시체를 찾아 내어
천상의 강 언덕에
웅장한 석관을 세운다

공감되는 공포

Horreur Sympathique

네 운명처럼 파란곡절 많은
괴상한 남빛의 저 하늘에서
그 어떤 생각이 텅 빈 네 마음속으로 내려오는가?
대답해 보렴, 바람둥이야

—애매함과 모호함을
무한정 갈구하는 나
로마의 천국 쫓겨난
오비드처럼 노상 투덜대진 않으리라

모래사장처럼 혼란한 하늘
네 속에 내 오만한 모습 비추고
거대하고 황량한 네 구름 떼는

나의 꿈 실은 영구차
네 희미한 빛은
내 마음이 즐기는 지옥의 역광이어라

자기 자신을 벌하는 사람

L'Héautontimorouménos

J. G. F 에게

노여움도 없이, 미움도 없이
백정처럼 나 너를 치련다
모세가 바위를 치듯이!
그리고 네 눈꺼풀에서

내 사하라를 목 축이기 위해
고통의 물을 솟아나게 하리라
희망에 부푼 내 욕정은
짭짤한 네 눈물 위에서 헤엄치리라

마치 대양으로 향하는 배처럼
그리하여 네 눈물에 취한
내 가슴속에 울려 퍼지리라
돌격을 알리는 북소리처럼, 애처로운 네 흐느낌이!

나는 거룩한 심포니 속에 끼어든
불협화음이 아닌가
나를 뒤흔들고, 나를 물어뜯는
걸식들린 '빈정거림' 덕분에?

저 요란한 소리, 내 목소리에 들어 있구나!
그 검은 독은 바로 내 피 전부로다!
나는 괴팍한 여자가 제 얼굴 비춰 보는
불길한 거울이어라

나는 상처이자 동시에 칼!
나는 따귀 때리기이자 동시에 뺨!
나는 찢어지는 사지이자 동시에 바퀴!
또 사형수이자 동시에 사형 집행인!

나는 내 심장의 흡혈귀
—영원한 웃음의 선고를 받고도
더이상 웃지 못하는
버림받은 중죄인 중 한 사람!

돌이킬 수 없는 일

L'Irrémédiable

I

창공에서 나와 '천국'의 어떤 눈도
파고들지 않는 진흙투성이의
납빛 삼도천에 떨어진
하나의 '사상', 하나의 '형태', 하나의 '존재'

기형적인 것에의 애착 때문에
거대한 악몽 밑바닥에서
수영하는 사람처럼 허우적거리고
어둠 속에서 빙빙 돌며

미친 사람처럼 노래하며 지나가는
엄청난 소용돌이 거슬러
아, 서글픈 번뇌여
고전하는 무모한 나그네, 한 '천사'

배암들로 가득 찬 곳을 피하여
빛과 열쇠를 찾으며
헛되이 더듬는 길에서

마술에 걸린 불행한 사람

축축한 깊은 바닥 냄새 고약한
심연의 언저리에서
인광 번쩍이는 커다란 두 눈
밤을 더욱 어둡게 하고

그 두 눈밖엔 보이지 않는
끈적끈적한 괴물들이 매복해 있는
난간도 없는 영원한 층층대를
등불도 없이 내려가는 영벌받은 자

수정 올가미에 빠지듯
극(極)의 어디에 끼어들어
어느 숙명적인 해협에서 이런 감옥에
떨어졌는지 알아보려고 애쓰는 한 척의 배

—돌이킬 수 없는 운명의
명확한 표징, 완전한 화포(畵布)
그것을 보면 생각난다
'악마'의 완벽한 온갖 짓이!

Ⅱ

제 마음을 비춰 보는 거울은
명암의 대담!

창백한 별 하나 떨고 있는
밝고 어두운 진리의 샘물

빈정대는 지옥 같은 등대
악마의 은총, 불타는 횃불
둘도 없는 위안과 영광
—악(惡)에 대한 의식이여!

시　계

L'Horloge

시계! 끔찍하고 냉정한 불길스런 신이여
그 손가락 우리를 위협하며 말한다. "기억하라!"
떨리는 '고통'이 두려움 가득 찬 네 가슴속에
멀지 않아 꽂히리라, 하나의 과녁처럼

즐거움은 안개처럼 가벼이 지평선 너머로 스러지리라
마치 공기의 요정이 무대 뒤로 사라지듯이
순간마다 모든 인간에게 철저히 부여된
향락을 네게서도 한 토막 떼어 삼킨다

한 시간에 삼천육백 번, 초는 속삭인다
"기억하라!"―재빨리, 벌레 같은 목소리로
'지금'은 말한다, 나는 '과거'이다
내 더러운 대롱으로 네 생명 빨아 올렸다!

리멤버! 기억하라! 방탕아여! 에스토메모르!
(금속의 내 목구멍은 못하는 나라 말이 없다)
촐랑대는 인생이여, 촌음(寸陰)은 모암(母岩)이니
거기서 금을 추려 내지 않고는 버려서는 안 돼!

기억하라, 시간은 욕심쟁이 노름꾼
속임수 쓰지 않고도 매번 이긴다! 그건 철칙이다
낮은 줄어들고 밤은 늘어난다. "기억하라!"
심연은 항상 목이 마르고, 물시계엔 물이 없다

멀지 않아 시간이 울리리라, 그때엔 거룩한 '우연'도
아직도 처녀인 네 아내, 존엄한 '절개'도
'회한'마저도(오! 마지막 주막이여!)
모든 것이 네게 말하리라, "뒈져, 비겁한 늙은이! 때는
너무 늦었어!"

파리 풍경

Tableaux Parisiens

풍　경

Paysage

나의 목가 정하게 읊기 위하여
점성가처럼, 하늘 가까이 드러누워
종각 이웃하여 꿈꾸며 듣고 싶어라
바람이 싣고 오는 엄숙한 성가들을
두 손으로 턱을 괴고, 내 높은 다락방에서
나는 보리라, 노래하며 재잘대는 아틀리에를
굴뚝들, 종각들, 이 도시의 돛대들을
또 영원을 꿈꾸게 하는 저 거대한 하늘을

안개 사이로 내다보이는 풍경이 즐거웁구나
창공에 별이 뜨고, 창가에는 불이 켜지는 것
강 줄기 같은 매연은 푸른 하늘로 솟아오르고
달님이 제 창백한 광채를 내려 비추는 것
나는 봄과 여름, 그리고 가을을 보리라
또 단조로운 눈이 내리는 겨울이 오면
사방 휘장과 덧문을 내려 닫고
밤 속에서 꿈 같은 궁전을 세우리라
그리하여 내가 꿈속에서 보는 것은 푸르스름한 수평선
정원, 대리석 석상들 틈에서 눈물짓는 분수들

입맞춤, 아침 저녁 노래하는 새들
그리고 목가에서나 노래할 더없이 천진난만한 것들
소요가 제아무리 내 유리창에 폭풍을 몰아쳐도
내 이마를 책상에서 들게 하진 못하리라
왜냐하면 내 의지의 힘으로 '봄'을 불러일으키고
내 가슴에서 태양을 끌어내어
타오르는 생각들로 따스한 분위기 만들어 내는
그러한 쾌락에 내가 잠겨 있을 테니

태 양

Le Soleil

도시와 들판, 지붕과 밀밭 위로
혹독한 태양이 강렬하게 내리쬘 때
남모를 음란한 짓 가리는 덧창들이
누추한 집집마다 달려 있는 옛 교외 길로
외로이 내 환상의 검술을 닦으러 나는 간다
거리의 구석마다 우연의 운율 맡아가며
포석 위에 발을 부딪치듯 낱말 위에서 비틀거리고
이따금 오래 전부터 꿈꾸던 시구를 만나기도 하면서

우리를 먹여 주는 저 아버지, 위황병의 원수
태양은 들판의 장미처럼 시를 잠 깨우고
근심 걱정을 하늘로 증발시키고
머릿속과 벌집 속을 꿀로 가득 채운다
목발 짚은 사람들을 다시 젊게 하고
소녀들처럼 즐겁고 다감하게 만들고
언제나 꽃피고 싶은 불멸의 영혼 속에
자라서 익은 수확이 되라고 명하는 것은 태양!

시인과 마찬가지로, 그가 도시에 내려갈 때엔

아무리 천한 사물의 운명도 귀하게 되고
몸종도 없이 사뿐히 임금처럼 들어가신다
그 어느 병원이든, 그 어느 궁궐이든

빨간 머리 거지 계집애에게
A une Mediante rousse

빨간 머리, 흰 살결의 계집애여
네 해어진 옷 구멍으로
가난과 아름다움이 내비친다
추레한 시인인 나에게는
죽은깨투성이인
허약한 네 젊은 육체가 사랑스럽구나

소설에 나오는 여왕이 신은
비로드 반장화보다
더 멋지게 네 무거운 나막신을 신고 있구나

그 누더기 대신에 길고 요란하게 주름 잡힌
화려한 궁정 예복을 네 발꿈치 위로
질질 끌고 있다면

구멍 난 긴 양말 대신에
난봉꾼의 눈요기감으로
네 다리 위에서 황금의 칼이 번쩍거렸으면

헐겁게 묶은 옷고름 때문에
네 아름다운 두 젖가슴이
반짝이는 눈빛처럼 황홀하게
우리 같은 죄인에게 드러나 보였으면

네가 옷을 벗을 때에는
네 두 팔은 수줍어 망설이고
장난꾸러기 손가락일랑 완강히 뿌리쳤으면

제일 아름답고 투명한 진주
밸로1)의 사랑의 소네트
사랑에 빠진 사내들로부터
끊임없이 네게 바쳐지고
시나 주워 읊는 자의 종이 되어
갓 나온 시집을 네게 증정하고
계단 아래서 네 신발을 우러러보며

요행을 바라는 수많은 몸종을
숱한 영주들과 롱사르 같은 시인들이
재미삼아 산뜻한 네 규방을 염탐할 테지!

너는 잠자리 속에서 백합보다 더 많은 입맞춤을 받고
많은 발로아2) 왕족들을 네 율법 아래

---

1) 16세기 롱사르와 동 시대 시인.
2) 프랑스 왕조의 하나.

복종케 하리라!

—하지만 지금은 너는 네거리의
어느 ‘요리집’ 문앞에 가서
버려진 낡은 쓰레기 몇 점을 구걸하는 신세
이십구 전짜리 싸구려 보석을
힐끔힐끔 쳐다보며 너는 가누나
오! 미안해! 그것마저 선물로 네게 줄 수 없으니!

그러니 가거라, 야윈 네 알몸밖에는
향수나 진주나 금강석으로
그 어떤 치장도 하지 않은
오, 내 아름다운 계집애여!

백　조

Le Cygne
빅토르 위고에게

I

앙드로마크[1] 나는 그대를 생각해! 저 작은 강은
과부인 그대의 한없이 숭고한 고통이
그 옛날 찬란히 빛나던 가련하고 쓸쓸한 거울
그대의 눈물로 불어난 이 엉터리 시모이 강은

내가 새로운 카루젤[2] 광장을 지나가고 있을 때
갑자기 내 풍부한 기억력을 부채질해 주었다
옛 파리 도시의 모습은 찾아볼 수 없도다
(도시의 모양은 슬프게도, 인간의 마음보다 더 빨리
변하는구나)

오로지 내 마음속으로만 그려볼 뿐, 진을 친 듯한 저
모든 판자집들

---

1) 토로이의 장군 헥토르의 아내 앙드로마크는 트로이가 함락되자 미
　망인이 되고, 피류스에게 사로잡히게 된다. 그녀는 피류스의 도시
　주위를 흐르는 강을 고향 트로이에 흐르는 시모이 강으로 생각하고
　그 옆에 시체도 없는 헥토르의 무덤을 만들어 죽은 남편과 고향을
　추모하였다.
2) 루브르 궁전과 튜일르리 공원 사이에 있던 길이 제2제정 때 없어
　지고 거기에 새로운 카루젤 광장이 생겼다.

윤곽만 잡힌 기둥들과 통나무 더미들
잡초들, 웅덩이 물 때 끼어 파래진 큼직한 돌멩이들
그리고 유리창에 반짝이는 흩어진 골동품들을

그 옛날 저기엔 동물원이 있었지
거기서, 어느 날 아침 나는 보았다
차가운 맑은 하늘 아래 '노동'이 잠을 깨고
오물 처치장이 조용한 대기 속에 검은 연기 뿜어 대는
시각에

둥지에서 빠져나온 백조 한 마리
바싹 마른 포도를 제 발로 문지르며
울퉁불퉁한 땅 위에 제 하얀 깃을 끌고 있는 것을
물도 없는 개울가에서 그 새는 부리를 열고

먼지 속에 안절부절 제 날개 멱감기며
고향의 아름다운 호수 그리는 마음 가득하여, 말하기를
물이여, 헌데 넌 언제 비 되어 오려니? 넌 언제나 울
려 오련, 천둥이여?
이상야릇한 운명의 신화, 이 불행한 짐승은

오비드의 인간3)처럼 이따금 하늘을 향해

---

3) 오비드의 《변신》에서 이런 말을 읽을 수 있다. "모든 생물 중 오
   직 인간만이 하늘 쪽으로 머리를 쳐드는 특권을 신들에게서 부여받
   았다"

빈정거리는 듯 잔인스럽게 푸른 하늘을 향해
하나님을 향해 저주를 퍼붓기라도 하듯이
떨리는 목 위에 제 목마른 머리를 쳐들고 있었다!

II

파리는 변하기도 하지! 그러나 내 우울 속에선 아무것도
꼼짝하지 않는구나! 새 궁궐도, 쌓아 올린 발판도, 돌더미도
성문 밖 낡은 고장도, 모두 나에겐 알레고리가 되고
정다운 내 추억은 바위보다 더 무겁도다

이처럼 저 루브르 박물관 앞에서 하나의 영상이 나를 괴롭힌다
나는 생각한다, 광기 어린 몸짓을 하고
추방당한 자처럼, 어리숙하나 고적한 모습으로
끊임없이 욕망에 시달리는 나의 큰 백조를! 그런 후에 앙드로마크

나는 그대를 생각한다, 위대한 낭군 품에서
천한 가축처럼, 뻔뻔한 피류스의 손에 떨어져
텅 빈 무덤 곁에 넋을 잃고 구부리고 있는 그대
아! 헥토르의 미망인, 그리고 헬레누스의 아내여!

나는 생각한다, 폐병 들어 수척한 모습을 하고
진흙을 질퍽거리며 살기 있는 눈초리로

아득한 안개 벽 너머에서 아름다운 아프리카의
사라진 야자수 숲을 찾고 있는 그 흑인 여자를

다시는 영영 되찾지 못할 것을 잃어버린
모든 사람들은, 눈물로 목을 축이고
착한 암이리같이 '고뇌'의 젖을 빠는 사람들을!
꽃들처럼 시들어 가는 말라빠진 고아들을!

그리하여 내 마음 은둔하는 숲속에
오랜 '추억' 뿔피리 숨가쁘게 울려 퍼지누나!
나는 생각한다, 외딴 섬에 잊혀진 수부들을
포로들과 패배자들을!…… 그 밖에도 수많은 다른 사
람들을!

일곱 늙은이들

Les Sept Vieillards

개미떼처럼 우글대는 도시, 꿈이 가득한 도시
한낮에도 도깨비가 행인에게 달라붙는다!
신비는 도처에 수수액처럼 흘러내린다
힘센 거인의 좁다란 맥관 속으로

어느 날 아침, 쓸쓸한 거리에서
안개로 더 높아 보이던 집들이
물이 불어난 강의 둑같이 높이 솟아오르고
배우의 영혼을 닮은 배경처럼

누렇고 구질스런 안개가 사방에 넘쳐 흐를 때
나는 주역을 맡은 사나이처럼 온 신경을 곤두세우고
벌써 지쳐 버린 내 영혼과 말씨름을 하면서
무거운 달구지에 실려 흔들리며 성문 밖 길을 가고 있
었다

느닷없이 한 늙은이, 침침한 하늘빛의
어둡고 누런 누더기를 걸치고
그 눈 속에 심술궂은 빛만 어리지 않았다면

빗발치듯 동냥을 받았을 그런 모습을 하고

내 앞에 나타났다. 그의 눈동자는 담즙 속에 잠긴 듯하고
그의 시선은 서릿발 같고
기다란 턱수염은 칼처럼 뻣뻣하여
유다의 수염처럼 앞으로 나와 있었다

그의 육신은 굽은 것이 아니라 두 동강이 난 듯하고
등뼈는 다리와 완전히 직각을 이루니
그 몰골에 걸맞게 지팡이는
불구의 네 발 짐승 아니면 세 발 달린 유태인 같은

모습에 어색한 걸음걸이를 갖게 하였다
진눈깨비와 진흙 속을 허우적거리며 그는 가고 있었다
헌 신발로 죽은 사람들을 짓밟기라도 하듯
세상에 대해 무관심하다기보다 적의를 품고서

그를 닮은 노파가 그를 따랐다. 수염도, 눈도, 등도,
지팡이도, 누더기도
어떤 모습도 다를 게 없었다. 똑같은 지옥에서 나온
백 살 먹은 쌍둥이, 그리하여 이 두 괴상한 유령들은
같은 걸음걸이로 미지의 목표를 향해 걸어가고 있었다

그러니 나는 무슨 음흉한 음모의 대상이 되어 있었나
아니 그 어떤 짓궂은 운명이 이처럼 나를 욕보였던가?
시시각각으로 자꾸만 수가 늘어가는
이 불길한 늙은이를 일곱 번 헤아렸으니!

내 불안한 마음 비웃고
나와 같은 전율을 느끼지 않는 자여 생각해 보라
저렇게 늙어빠지긴 했어도, 그 흉측한 일곱 괴물은
영원불멸한 형상을 하고 있다는 것을!

죽지 않아도 내가 여덟 번째를 바라볼 수 있었을까
얄밉고 숙명적인, 냉혹한 쌍둥이를
저 자신의 아들이자 애비인, 메스꺼운 불사조를?
─그러나 나는 지옥 같은 그 행렬에서 등을 돌렸다

사물이 겹쳐 보이는 주정뱅이처럼 격정에 싸여
나는 귀가하여 집 문을 닫았다
질겁을 하고 병든 것처럼 사지가 떨리고, 신비와 부조
리로
정신은 충격을 받아, 열이 나고 당황하여!

내 이성의 키를 잡으려 하나 헛된 일
폭풍은 유희하듯 그 노력에 훼방 놓고
내 영혼은 흔들흔들 춤을 추었다

괴물같이 망막한 바다 위에 떠도는
돛 잃은 낡은 배처럼!

가여운 노파들

Les petites Vieilles

빅토르 위고에게

I

오래된 도시의 꼬불꼬불한 주름 속에서
모든 것이 공포마저도, 매혹으로 변하는 곳에서
나는 살핀다, 나의 천성 어쩔 수 없어
늙어빠져도 매력적인 요상한 인간들을
저 쭈글쭈글한 괴물들도 옛날엔 여인들
에포닌느1) 아니면 라이스2) 같은!
꼬부라진 곱사등에 뒤틀린 괴물들일지언정, 저들을 사
랑하자꾸나!
아직 영혼은 있으리니
닳아 구멍 난 속치마를 입고, 냉기 도는 천 조각을 걸
치고
그들은 기어간다, 심통 난 북풍을 맞으며
승합마차 굴러가는 요란한 소리에 바들바들 떨며
꽃이나 그림 수수께끼 수놓은 작은 손가방을
비장물인 양, 그들 옆구리에 꼭 끼고서

그들은 꼭두각시처럼, 아장대며 걸어가고

---

1) 옛 프랑스. 골을 로마의 지배권에서 해방시키려던 율리우스 사비
  누스의 아내. 남편이 처형되자 자기도 로마 황제에게 욕을 퍼붓고
  사형을 받았다. 절개 있는 여성의 상징.
2) 그리스의 유명한 바람둥이.

상처받은 짐승처럼 몸을 끌며 기어가며
또는 '마귀'가 매달려 사정없이 치는
가엾은 방울처럼, 억지 춤을 추는구나!

찌들었으나, 눈은 송곳처럼 꿰뚫어보고
밤중에 물이 고인 웅덩이처럼 번쩍댄다
무엇이든 반짝이는 걸 보면 놀라 깔깔대는
소녀 같은 성스러운 눈빛을 그들은 지니고 있다

—그대들은 관찰해 보았는가, 수많은 노파들의 관이
거의 어린아이 관이라 할 정도로 작다는 것을?
현명한 '죽음'은 이처럼 똑같은 관 속에
야릇하고 흥미진진한 취향의 상징을 담고 있어서

개미떼처럼 우글대는 파리의 화폭 속을
허약한 유령이 지나가는 것이 보이면
언제나 저 가냘픈 노파는 새로운 요람을 향해
사뿐사뿐 걸어가는 듯하다

그렇지 않으면, 조화 잃은 사지의 몰골을 보며
기하학적 명상에 잠겨 나는 생각해 본다
저 몸뚱이 전부를 담을 관을 만들기 위해선
몇 번이나 일꾼이 관 형태를 바꾸어야 할까

그 눈들은 수백만의 눈물로 이루어진 샘
식은 금속이 반짝이는 용광로의 아궁이……
신비스러운 그 눈들은 엄한 '불운'의 젖을 먹고 자란
사람에겐
억제 못할 매력을 가지고 있다!

Ⅱ

죽은 프라스키티3)의 사랑에 빠진 베스타의 무녀4)
아! 땅 속에 묻힌 그녀의 후견인만이 그 이름을 아는
탈리5)의 여승
일찍이 티볼리6)의 꽃 그늘 아래서 바람 피던 그 유명
한 논단이

그 모든 여자가 나를 취하게 하는구나!
허나 그 연약한 여인들 중에는 고통으로 꿀을 만들어
내며
제 날개 빌려 준 '헌신'에게 이렇게 말한 이도 있다
힘센 취두마체(鷲頭馬體)7)여, 하늘에까지 날 데려다
다오!

한 여자는 조국 때문에 불행을 겪고

---

3) 1837년에 폐쇄당한 파리의 도박장.
4) 로마시대 도시의 수호 여신 베스타에게 시중든 처녀.
5) 희극과 목가를 관장하는 그리스 신화의 세 여신 중의 하나.
6) 프랑스 왕정복고 시대에 가장 번창했던 대중 유흥장.
7) 장독수리의 머리에 말 몸뚱이를 한 전설적인 괴물.

한 여자는 남편 때문에 고통을 짊어졌고
한 여자는 자식 때문에 꿰뚫린 '마돈나'가 되었으니
모두가 눈물로 강을 이룰 수 있었으리!

                  Ⅲ
아! 얼마나 나는 그 가엾은 노파들의 뒤를 따랐던가!
그 중 하나는 석양이 새빨간 상처를 내어
하늘을 피로 물들이는 시각에
생각에 잠겨 홀로 긴 의자에 앉아서

이따금 우리네 공원에 와서 소란 피우는
금관악기 요란한 군악대의 연주를 들었다
군악 소리는 사람들의 기운이 되살아나는 듯한 금빛
황혼에
그 어떤 영웅심을 시민들 가슴속에 부어 주었다

아직도 꼿꼿하고, 자신만만하고 단정한 저 여자는
경쾌한 군가를 게걸스레 마시고 있었다
이따금 눈은 늙은 독수리 눈처럼 열리고
대리석 같은 이마는 월계수로 단장하기에 알맞는 듯했
다!

                  Ⅳ
이와 같이 그대들은, 인내심을 가지고 불평 없이
번화한 도시의 혼돈을 뚫고 걸어간다

그 옛날 모든 사람들 입에 그 이름 오르내리던
가슴에 피를 흘리는 어머니여, 창녀여, 아니 성녀여

그 옛날 미모와 영광에 휩싸여 있던 그대들
이제 그대들을 알아주는 이 아무도 없구나!
무례한 주정뱅이가 지나가는 그대들에게 가소로운 추
파로 욕되게 하고
비겁하고 못생긴 애새끼는 그대 발치에서 출랑댄다

존재하는 것이 창피한 듯, 쪼그라진 그림자들
겁이 많아, 등이 굽은 그대들은 담벼락을 따라간다
허나 그대들을 보고 인사하는 이는 아무도 없다. 얄궂
은 운명이여!
영원한 세상을 그리는 다 된 인간 찌꺼기들이여!

그러나 나, 멀리서 그대들을 다정스레 지켜 보며
불안한 시선 뚫어지게 위태로운 그대 발걸음을 바라보
는 나는
마치 그대의 아버지인 양, 오, 이상야릇하게도!
그대들 몰래 은밀한 즐거움을 맛보고 있다

나는 본다 그대들의 첫사랑의 열정 되살아남을
어둡고 빛나는 그대들의 잃어버린 날들을 나는 보았다
내 마음의 수많은 분자들은 그대들의 온갖 악덕을 즐

긴다!
 내 영혼은 그대들의 온갖 미덕으로 찬란하게 빛난다!

 인생의 폐허여! 내 가족이여! 오, 나와 같은 생각을
하는 두뇌여!
 나는 저녁마다 그대들에게 엄숙한 고별을 보낸다
 하나님의 무서운 손톱에 짓눌린, 팔순의 이브들이여
 내일이면 그대들은 어디에서 방황하려나?

장님들

Les Aveugles

내 영혼이여, 저들을 보라, 정말 끔찍스럽구나!
마네킹 같기도 하고, 어딘지 우스꽝스럽고
몽유병 환자들처럼 섬뜩하며 야릇한 그들은
어두운 눈알로 어딘지 모르게 쏘아본다

거룩한 빛이 떠나가 버린 그들의 눈들은
마치 먼 곳을 바라보는 듯, 계속 하늘로 쳐들고 있어
그들의 묵직한 머리가 생각에 잠긴 듯이
포도 위로 숙여지는 것은 한 번도 본 적이 없다
그들은 이처럼 끝없는 어둠을 지나가고 있다

이 영원한 침묵의 형제를, 오, 도시여!
네가 잔인할 정도로 쾌락에 도취되어
우리네 주위에서 노래하고 깔깔대며 울부짖는 동안에
보라! 나 역시 몸을 끌며, 간다! 하지만 그들보다 더
얼이 빠져서
나는 생각해 본다. 무얼 하늘에서 찾고 있을까, 저 모
든 장님들은?

지나가는 여인

A une Passante

거리는 귀 아프게 내 주위에서 아우성치고 있었다
상복을 입고 장엄한 고통에 잠긴
한 여인이 지나갔다, 호사스런 한쪽 손으로 크고 날씬한
꽃장식 달린 치맛단을 들어올려 흔들어댄다

매끈하고 고상한 상(像) 같은 그녀의 다리 내보이며
나는, 넋 잃은 사람처럼 몸을 뒤틀며 들이켰다
태풍을 품고 있는 납빛 하늘
그녀의 눈 속에서 유혹적인 감미로움과 목숨 앗아가는
즐거움을

한줄기 번갯불…… 그런 다음 밤이로다!
―눈길이 순식간에 나를 되살리고 사라진 미녀여!
오직 영원 속에서만 그대를 볼 것인가?

다른 곳에, 여기에서 아주 멀리에서! 너무 늦었다! 아
마 '영영' 못 만날지도!
그대 사라진 곳 내가 모르고, 내가 어디로 가는지 그
대 알지 못하니
오, 나 그대를 사랑했으리! 그대 알고 있었듯이!

밭 가는 해골

Le Squelette laboureur

I

송장 같은 수많은 책들이
고대, 미라처럼 잠자고 있는
먼지투성이 저 강 둑 위에 이리저리 흩어져 있는 해부도

그 주제 비록 구슬프나
어느 늙은 예술가의 근엄함과 박식함이
'아름다움'을 전해 준 그 소묘 속에서

우리는 본다. '박피 표본'과 '해골'들
그것들이 농부처럼 삽질을 하는 모습은
그림이 풍기는 신비로운 공포를 한층 더 가하여 준다

II

체념 속에 침울해진 천민들이여
너희들의 등뼈나 껍질 벗겨진
근육의 온 힘 다바쳐
파 뒤집는 그 땅에서

말해 보라, 납골당에서 끌려나온 고역수여
무슨 이상스런 추수 끌어내어
그 어느 농가의 광을 채우지 않으면 안 되는가를?

(너무나 어처구니없는 운명의 두렵고 명확한 표징이
여!)
너희들은 보여 주려는가, 그 무덤 속에서마저
약속된 잠이 보장되지 않았음을

우리에게는 허무마저 배반자임을
모든 것, 죽음마저도, 우리를 속이고
아, 영원히 우리는 어느 미지의 나라에서

딱딱한 땅 껍질을 벗겨야 하고
우리 피투성이 맨발을 딛고
무거운 가래를 밀어야 할 것임을

저녁 노을

Le Crépuscule du Soir

지금 매혹의 저녁, 죄인의 벗
저녁은 다가온다 공범자처럼, 발소리 죽여 가며
하늘은 커다란 규방처럼 서서히 닫히고
성급한 사람은 야수로 변한다

오, 저녁, 자기의 팔이 거짓없이
오늘 우린 일했노라!라고 말할 수 있는 자가 갈망하는
사랑스런 저녁—그 저녁은 어루만진다
사나운 고통으로 시달리는 마음들을
이마가 무거운 끈기 있는 학자
제 잠자리 찾아가는 등 굽은 일꾼을
그 사이 대기 속엔 해로운 악마들이
사업가들처럼 부스스 잠에서 깨어나 날아다니고
덧문과 차양에 와서 부딪친다
바람이 괴롭히는 어스름 불빛을 뚫고
매음이 이 거리 저 거리에 불을 켠다
개미집처럼 나올 구멍을 뚫어 놓는다
습격을 꾀하는 적군과도 같이
사방에 은밀한 길을 파헤친다

인간에게 먹을 것을 훔쳐내는 구더기처럼
매음은 진창의 도시 복판에서 우글거린다
여기저기 들리는 건 지글거리는 부엌의 소음
와글거리는 극장들, 쿵작거리는 오케스트라들
노름의 재미 무르익는 공동 탁자는
창녀와 협잡꾼과 그 공범자들로 가득 차고
휴식도 없고 인정도 없는 도둑들
그들도 이내 제 작업 시작하여
며칠의 식량과 정부의 옷 값 위해
살그머니 문과 금고를 비틀어 낸다

내 영혼이여, 이 엄숙한 순간에 명상에 잠기어라
이 아우성 소리에 네 귀를 막으라
지금은 환자들의 고통이 심해지는 시각!
어두운 밤이 그들의 목을 조른다
그들은 명(命)을 마치고 깊숙한 공동묘지로 내려간다
병원은 그들의 한숨으로 가득 차 있고—몇 명은
저녁에, 난롯가, 사랑하는 이 곁에
향긋한 수프를 찾아 영영 돌아오지 않으리라
더욱이 그들 대개는 아예 가정적인 단란함을 알지 못
했으니
일찍이 살았었다고 말할 수도 없지 않은가!

도   박

Le Jeu

낡은 안락의자에 앉은 늙은 기생들은
파리한 얼굴에 눈썹을, 그리고 아양떠는 요부의 눈길로
선웃음쳐 가며, 보석과 금속이 짤랑대는 소리를
그녀들의 야윈 귀에 울려 퍼지게 한다

초록 융단의 노름판을 둘러앉은 입술 없는 얼굴들
핏기 가신 입술들 이빨 없는 주걱턱
그리고 빈 호주머니 뒤적거리거나 가슴 두근거리는
지독한 열병으로 떨리는 손가락들

때 묻은 천장 아래 매달린 한 줄의 퇴색한 샹들리에
그리고 육중한 캥케 등(燈)은 희미한 불빛을 피땀 흘
려 얻은
대가를 탕진하러 온 저명한 시인의 어두운 이마를 비
춰 주고 있다

이것은 어느 날 밤 꿈 속에서 내 명철한 눈 아래
펼쳐진 내가 본 흑색 화폭
나 자신은 조용한 동굴 한구석에서

팔꿈치를 괴고 추워하며, 말없이 부러워하고 있었다

그 사람들의 끈질긴 열정 부러워하고
그 늙은 창녀들의 침통한 쾌락을 부러워하고
또한 모두가 내 면전에서, 제 옛날 명예나
혹은 제 미모를 호기 있게 거래하는 것을 부러워하며

한데 내 마음은 깜짝 놀랐다. 수많은 가련한 인간을 부러워함에
그들은 벌어진 심연으로 정신없이 달려가고
제 피에 취하여 결국은 죽음보다 고뇌를
허무보다 지옥을 더 좋아하는 것을!

죽음의 댄스

Danse macabre

에르네스트 크리스토프에게

큼직한 꽃다발, 손수건 그리고 장갑을 가지고
산 사람인 양, 귀태(貴態) 나는 몸맵시를 뽐내는 그녀
에겐
괴상한 자태 지닌 여윈 교사스런 여성의
여유 있고 명랑한 품위가 있다

이보다 더 날씬한 모습을 무도회에서 본 적이 있는가?
품위 있게 풍성하나, 너무 헐렁한 그 옷은
꽃처럼 어여쁜, 술 달린 신이 감싸 주는
앙상한 발 위에 헐렁하게 흘러내린다

바윗돌에 제 몸 부비는 음탕한 시냇물처럼
쇄골 기슭에서 나풀대는 주름끈은
그녀가 감추려 드는 처량한 젖가슴을
조롱과 비웃음에서 순결하게 지켜 준다

깊숙한 두 눈, 공허와 어둠으로 만들어지고
멋부려 꽃을 올려놓은 그녀의 머리는
잔약한 등뼈 위에서 하늘하늘 춤춘다
오, 얼빠진 듯 치장한 허무의 매력이여!

육체에 도취한 연인들, 표현 못할 인간의
뼈대가 가진 운치를 알지 못하는 그들은
너를 부를 테지, 하나의 삽화라고
키 큰 해골이여, 넌 내 가장 귀한 취미에 잘 들어맞는
구나!

너는 그 충격적인 찌푸린 모습을 하고 '삶'의 축제를
휘저으러 오느냐? 아니면 어느 오랜 욕망이
산 해골 바가지 너를 또다시 충동하여
방정맞은 널, '쾌락'의 절정에 밀어넣던가?

바이올린 노래에 촛불의 불꽃에
빈정대는 네 악몽 쫓아내고 싶었던가
또한 네 심장에 타오르는 지옥의 불길을
주신제의 술도랑에 와서 식혀 달라는 것인가?

어리석음과 잘못이 마르지 않는 샘이여!
해묵은 고뇌의 영원한 증류기여!
네 갈비뼈의 구부정한 격자 너머로
나는 본다, 아직도 기어다니는 목마른 독사를

내 진정 말하노니 너의 교태로
그 애쓴 보람 없을까 두려워라
이 인간들 중 그 누구가 이 빈정거림 알아들을까?

공포의 매력에 도취하는 건 오직 강자들뿐!

끔찍스런 생각 가득 찬 네 심오한 두 눈은
현기증을 자아내고, 조심스럽게 춤추는 사내는
쓰디쓴 구역질하지 않고는, 네 서른두 이빨의
영원한 미소를 바라보지 못하리라

하지만 누구인들 제 속에 해골을 품지 않았고
그 누가 무덤의 것으로 양육되지 않았는가?
향수도, 옷도, 화장도 무슨 소용 있는가?
아름다운 것도 언젠가는 추한 것이 되고 말리니

코가 없는 무기(舞技)여, 억제 못할 위안부여
그러니 눈 가리고 춤추는 저들에게 말하라
오만한 도령님들, 아무리 분과 연지로 치장을 했어도
그대들 모두가 '죽음'의 냄새 풍겨요! 오, 사향 바른
해골들이여

시든 안티노우스[1], 수염 없는 댄디
니스 칠한 송장, 백발의 색골들이여
세상에 널리 알려진 주검의 춤이
알 수 없는 곳으로 그대들을 끌고 가는구나!

---

1) 로마의 황제 아드리안의 몸종으로 총애를 받은 미소녀.

차가운 센 강 둑에서 이글거리는 갠지스 강가에까지
인간 무리들이 넋을 잃고 뛰논다
천장의 구멍에는 '천사'의 나팔이 시커먼 나팔총처럼
불길하게 입을 쩍 벌리고 있음을 보지 못한 채

어느 고장, 어느 태양 아래서도, 가소로운 '인생'들이여
'죽음'은 그대들의 비비적대는 몸짓을 즐거웁게 바라보고
그리고 종종, 그대들처럼 몸에 몰약 냄새 피우며
그대들의 광란에 제 빈정거림 뒤섞는다!

거짓에의 사랑

L'Amour du Mensonge

오, 안일한 내 사랑이여, 천장에서 부서지는
악기들의 곡조에 어울리는 느린 발걸음 내딛으며
그윽한 눈에 권태의 빛 띠고
지나가는 그대를 내가 볼 때에

가스 등불에 물들고, 시름겨운 자세로 미화되어
저녁의 횃불에 새벽이 불그스레 동터오는
창백한 그대 이마와 초상화의 눈처럼
매혹적인 그대의 눈을 내가 바라볼 때에

나는 생각한다, '그녀는 아름답도다, 그리고 저 기묘한
싱싱함이여!'
육중한 왕실의 탑과 같은 묵직한 추억이
그녀 머리에 관을 씌우고, 복숭아처럼 달콤하고 물기
찬 그녀 마음은
무르익은 육체와 더불어 오묘한 사랑을 기다린다

그대는 비길 데 없는 맛을 담은 가을 과실인가?
누군가의 눈물 기다리는 구슬픈 꽃병인가

아니면 멀고 먼 오아시스를 꿈꾸게 하는 향기인가
쓰다듬는 베개인가, 그도 아니라면 꽃바구니인가?

나는 알고 있다, 소중한 비밀 전혀 감추지 않은
견줄 데 없이 우울한 눈들도 있음을
보석 없는 보석상자, 유물 없는 유물 큰 상패
오, '하늘'보다 더 비고, 더 심오한 눈이여!

그러나 진실을 외면하는 내 마음 즐겨 주기 위해선
그대 외양만으로 충분하지 않은가?
그대가 어리석든 무관심하든 무슨 상관?
가면이건 겉치레건
반가워서 나는 몹시 좋구나, 그대의 아름다움이

나는 잊지 않았네

나는 잊지 않았네, 시내 근교의
작으나마 조용한 하얀 우리 집을
포몬느1) 석고상과 오래된 비너스 상은
빈약한 숲속에서 알몸을 감추고
저녁이면 햇님이, 유연하고 엄숙한 모습으로
햇살이 와서 부딪히는 유리창 뒤에서
신기로운 하늘에 크게 뚫린 눈알처럼
우리네 길고도 조용한 저녁 식사를 지켜 보는 듯
소박한 식탁보와 세루 커튼 위에
커다란 촛불 같은 아름다운 반사광을 한껏 펼치면서

---

1) 로마 신화의 정원과 과실의 여신.

그대가 질투하던 마음씨

그대가 질투하던 마음씨 갸륵한 하녀1)
지금은 보잘것없는 잔디 아래 잠들어 있으니
우리, 그녀 앞에 꽃다발을 놓아야 하지
죽은 사람들, 가엾은 그들에겐 큰 고통이 있다
10월의 묵은 나무 쳐버리는 음산한 바람이
그들의 대리석 묘비 둘레에 휘몰아칠 때
진정, 그들은 제대로 이불에 싸여 포근히 잠자는
살아 있는 사람들을 원망하리
그럴 때, 그들은 어두운 악몽에 찢기고
잠자리를 같이 나눌 동반자도, 다정한 이야깃거리도
없이
구더기에 시달린 얼어붙은 늙은 해골 되어
무덤 울타리에 매달린 시든 꽃가지를 갈아 줄
친구도 없고 가족도 없이, 쌓인 겨울 눈이
녹아 방울져 내리고 세월이 흘러감을 느낄 따름

벽난로의 장작불이 탁탁 튀기며 노래부를 때
만일 저녁마다 조용히 그녀가 안락의자에 와서 앉는
걸 본다면

---

1) 보들레르 어머니의 하녀였던 마리에트로서, 그녀는 어린 시인을
   대단히 사랑해 주었다.

그녀가 시퍼렇게 추운 섣달 밤에 영원한 제 잠자리 속
에서 빠져나와
예절바르게 내 방 한쪽 구석에 쭈그리고 앉아
모성 어린 눈으로 다 큰 이 아이를 대견스럽게 바라본
다면
그 움푹 패인 눈꺼풀에서 떨어지는 눈물을 보며
나는 이 경건한 영혼에 무엇이라 대답할 수 있으리?

안개와 비

Brumes et Pluies

오, 가을의 종말, 겨울, 흙탕물에 젖은 봄
졸음 오는 계절들이여! 나는 너희들을 사랑하고 찬양
하노라
안개 서린 수의와 흐릿한 무덤으로
이처럼 내 마음과 머리를 감싸 주기에

찬바람이 노닐고, 기나긴 밤에
바람개비 목이 쉬는 이 광막한 벌판에서
이 내 마음 따스한 봄철보다 더 활짝 펴리라
까마귀 같은 제 검은 날개를

음산한 것들로 가득 찬 이 마음에는
오래 전부터 서리가 내리는 이 마음에는
오, 희끄무레한 계절, 우리네 풍토의 여왕이여

너희들, 창백한 어둠의 한결같은 모습보다도
더 정다운 것 없구나―달 없는 밤에, 단 둘이
모험의 침상에서 괴로움을 잠재우는 것밖에는

파리의 꿈

Rêve parisien

콩스탕탱 기에게

I

인간이 일찍이 본 일 없는
이 끔찍한 풍경의
어렴풋하고 아득한 영상이
오늘 아침도 나를 매혹한다

잠은 기적들로 가득하도다!
야릇한 변덕을 부려
나는 이 풍경에서
고르지 못한 식물을 몰아내고

자만심에 가득 찬 화가가 되어
내 그림 속에서 스스로 맛보고 있었다
금속과 대리석과 물이 이루는
황홀한 단조로움을

그것으로 무수한 계단과 회랑을 가진 바벨탑
하나의 끝없는 궁궐이었다
광택 없는 혹은 윤 나는 금 수반들 속에
떨어지는 폭포와 분수로 가득하고

또한 웅대한 폭포수는
수정의 커튼인 양
금속의 절벽에
눈부시게 걸려 있었다

수목은 아니지만 주랑들이
잠자는 연못을 둘러싸고
거기엔 거대한 물의 요정들이
여인들처럼, 제 얼굴 비춰 보고 있었다

분홍빛 초록빛 강둑 사이로
푸르스름한 물결이 흘러내렸다
수백만 리에 걸쳐
세상의 끝을 향하여

그것은 들어보지도 못한 보석이며
마술의 물결이
그것은 자신이 반사하는 모든 것으로
눈부시게 반짝이는 광막한 거울!

소리없이 도도하게
창공에 흐르는 갠지스 강은
금강석의 심연 속에
제 항아리의 보물을 쏟고 있었다

이 꿈나라의 건축사인 나는
내 마음 내키는 대로
보석의 터널 아래로
내 설계도를 따라 펼쳐 놓았다

그리하여 모두가, 검은색마저도
밝게 윤이 나고, 무지개가 되고
액체는 결정(結晶)된 광채 속에서
제 영광을 아로새기고 있었다

게다가, 하늘 저 끝까지 돌아보아도
이 기적을 비춰 줄 수 있고
제 자신의 빛으로 빛을 발하는
별도 없고 태양의 흔적도 없었다!

그리하여 이 생동하는 경이 위에는
영원한 정적이 감돌고 있었다
(이 놀라운 새로움이여!
모두가 눈을 위한 것, 귀를 위한 것은 아무것도 없구나!)

II

불빛으로 가득 찼던 내 눈을 뜨자
내가 본 것은 끔찍스런 내 누추한 방
정신이 들면서 내가 느낀 것은
저주받은 번뇌의 날카로운 칼날

벽시계는 불길하고 투박한 소리로
거칠게 정오를 치고 있었다
마비된 이 쓸쓸한 세상에
하늘은 어둠을 퍼붓고 있었다

어스름 새벽

Le Crépuscule du Matin

기상 나팔은 병사(兵舍) 마당에서 울리고
아침 바람은 가로등 위로 불고 있었다
때는 바로 악몽이 벌떼처럼 떼지어 와서
갈색 머리 소년들을 베개 위에 잡아 비틀고
껌뻑거리는 핏발 선 눈처럼
등불은 햇빛에 붉은 얼룩을 지우는 시간
거칠고 육중한 몸무게에 짓눌린 영혼은
등불과 햇빛의 싸움을 흉내 내는 시간
산들바람이 닦아 주는 눈물 젖은 얼굴처럼
대기는 쓰러져 가는 것들의 전율로 가득 차며
사내는 글 쓰기에, 계집은 사랑하기에 지친다
여기저기 집들은 연기를 뿜기 시작했다
쾌락 좇는 계집들은, 납빛 눈꺼풀을 하고
입을 헤벌리고 얼빠진 잠에 빠져 있었다
가난한 여자들은, 말라빠진 싸늘한 젖통을 늘어뜨리고
손가락을 까불거리며 깜부기불을 불러일으킨다

이때가 바로 추위와 인색 틈에서
산고에 든 여인의 아픔이 더해 가는 시간

들끓는 피로 인해 끊기는 흐느낌처럼
수탉의 울음이 멀리 안개 낀 대기를 찢고
안개의 바다는 높은 건물들을 감싸고
자선병원 저 안쪽에서 죽어가는 환자들은
고르지 않은 딸꾹질로 마지막 숨을 내뱉고 있었다
방탕한 녀석들은 밤일에 지쳐 늘어져, 집으로 돌아오
고 있었다

불그스레하고 혹은 초록의 옷을 입은 새벽은 부들부들
떨면서
인기척 없는 센 강 위로 서서히 다가오고
어두운 파리, 이 부지런한 늙은이는
부스스 눈을 부비며, 제 연장을 손에 쥔다

Le Vin

술의 넋

L'Áme du Vin

어느 날 저녁, 술의 넋이 병 속에서 노래하기를
인간! 오, 친애하는 폐적자(廢嫡者)여
나 그대에게
내 유리 감옥과 주홍빛 밀초 아래서
빛과 우애로 가득 찬 노래 들려주리라!

나는 아노라
내 생명을 낳고 내게 혼을 주기 위해선
불타오르는 언덕 위에
얼마나 많은 수고와 땀과 찌는 듯한 뙤약볕이 필요한
가를
한데 어찌 내가 그 은혜를 잊고서 악랄할 수 있으랴

일에 지친 사람의 목구멍에 떨어질 때는
무한한 기쁨을 나는 느끼고
그의 따뜻한 가슴은 싸늘한 내 지하실보다
훨씬 더 기분 좋은 아늑한 무덤이기에

그대는 듣는가 울려 퍼지는 주일 노래 후렴을

팔딱거리는 내 가슴속에서 재잘대는 희망을?
식탁 위 팔꿈치 괴고 소매 걷어 올리며
그대는 나를 찬양하리라, 만족해하리라

기뻐하는 그대 아내의 두 눈을 나는 빛나게 하리라
그대의 아들에겐 힘과 혈색을 되돌려주고
이 연약한 인생의 경기자를 위하여
투사의 근육을 굳혀 줄 기름이 되리라

영원한 '씨 뿌리는 자'가 던진 귀한 낟알
식물성 성스런 양식인 나는
그대 속에 떨어지리라
우리의 사랑이 시를 낳아
귀한 꽃처럼 하나님 향해 피어오르도록!

넝마주이들의 술

Le Vin des Chiffonniers

바람에 불꽃 나풀대고 유리문들 부딪치는
가로등 빨간 불빛 아래서
괴어 오르는 누룩처럼 인간들이 우글거리는
진창의 미로, 옛 교외 한복판에서

내가 보는 것은, 고개를 끄덕거리고 비틀거리며
시인처럼 담벼락에 부딪치며 걸어오는 넝마주이
비밀 경찰 따위는 제 부하인 양 개의치 않고
영광스런 계획품은 제 속을 온통 털어놓는다

선서를 하고, 숭고한 법조문을 공포하여
약한 자의 기를 꺾고, 희생자를 일으킨다
왕좌 위에 드리운 포장 같은 창공 아래서
제 자신의 찬란한 덕행에 도취한다

그렇다, 고달픈 살림에 들볶인 이 사람들
일에 지치고 나이에 시달리고
거대한 도시 파리의 너저분한 구토물
산더미 같은 쓰레기 아래 맥이 빠지고 구부러져

술통 냄새 풍기며 집으로 돌아온다
나날의 싸움에 머리는 세고
콧수염이 낡은 깃발처럼 축 처진 패거리를 데리고
깃발과 꽃들, 그리고 개선문들이
그들 앞에 우뚝 솟는다. 엄숙한 마술이여!
그리고 나팔과 태양, 함성과 북소리로 요란하고 찬란
한 축제에서
사랑에 취한 민중에게 그들은 가져다 준다, 영광을!

이처럼 술은 덧없는 인생을 가로질러
황금의 강, 눈부신 팍톨 강1)이 되어 흐른다
인간의 목을 통해 술은 제 공훈을 노래하고
여러 가지 선물로 진정한 임금처럼 군림한다

말없이 죽어가는 저주받은 모든 늙은이들의
원한을 풀어 주고 무위(無爲)를 어루만져 주려고
하나님은 누이는 마음으로 잠을 만드셨고
인간은 이에 술을 덧붙였다. 태양의 거룩한 아들을!

---

1) 그리스 신화에 나오는 강. 만물을 금으로 만드는 마력을 가진 임금
   마이더스가 멱을 감은 뒤로 모래가 온통 금으로 바뀌었다고 한다.

살인자의 술

Le Vin de l'Assassin

내 마누라가 죽어서, 난 자유로워졌다!
그러니 취해 떨어지게 술을 마셔도 돼
빈털터리로 집에 돌아오며는
그녀의 고함소리 내 가슴 찢었지

임금님 못지않게 난 행복해
대기는 맑고, 하늘은 더 높고……
내가 마누라에게 반했을 때도
이 같은 여름이었지!

나를 미치게 하는 이 끔찍한 갈증
채워 주기 위해선 필요하겠지
그녀의 무덤 채울 만큼의 술이
이런 말을 해서는 안 될 것인데

마누라를 우물 깊숙이 던져 버리고
그 위에 우물가의 돌멩이를
모조리 밀어 넣기까지 했었지
되도록 잊어버리고 있는 일!

아무것도 우리 사이 떼어 놓을 수 없다는
사랑의 맹세를 내세우고
사랑에 도취했던 행복한 시절처럼
우리 다시 재회하자고

어느 날 저녁, 나는 그녀에게 사정하여
으슥한 거리로 나오라고 약속했었지
그녀가 거기 나왔지 뭐야! 미친년 같으니!
하긴 우리 모두가 다소는 미쳤지만!

그녀는 아직도 어여뻤었어
비록 몹시 지쳐 있었지만
그래서 나는 무척 마누라를 사랑했었지!
그래서 난 말했지
살림의 때를 좀 씻어 버려

아무도 내 말을 이해할 수 없어
천치 같은 주정뱅이 중 누군가가
넋 잃었던 밤 사이에 생각했을까
술로 수의를 만들자고?

쇠로 만든 기계처럼
꼼짝달싹도 않는 치사한 주정뱅이는
여름이고 겨울이고 한 번도

진정한 사랑을 알지 못했다

진정한 사랑에는 검은 마력과
지옥 같은 경악의 행렬
독약병, 눈물, 그리고 쇠사슬과
뼈다귀가 내는 소리가 있다!

이제 나는 자유로운 외톨이!
이 저녁 죽도록 취하여
두려움도 후회도 모르는 채
땅바닥에 쓰러지듯 드러누워서

개새끼처럼 잠들어 버리리라!
돌멩이와 진흙 가득히 실은
무거운 바퀴가 끄는 짐수레가
미쳐 날뛰는 짐 마차가

죄많은 내 머리 박살을 내거나
내 몸뚱이를 두 동강 낼 수 있겠지
악마이건 영성체대이건
나 또한 신처럼 까짓것 관심 없도다!

고독한 자의 술

Le Vin du Solitaire

물결 같은 달님이 제 나른한 아름다움을
멱감기고 싶을 때, 전율하는 호수 위로
내려보내는 하얀 달빛처럼 살며시
우리에게 던져지는 매혹적인 여인의 야릇한 눈초리도

노름꾼 움켜쥔 마지막 돈주머니도
야윈 아들린1)의 방종한 입맞춤도
아련히 들려오는 인간 고뇌의 외침과도 같은
무기력하고 달콤한 음악 소리도

이 모두가 쓸데없구나. 오, 그윽한 술병이여!
경건한 시인의 갈증이 가슴속에 파고드는
네 볼록한 배가 간직한 진정제
너는 시인에게 부어 준다, 희망과 젊음과 생명을
—오만, 온갖 거지 근성의 이 보물은
우리를 승리자로 만들어 신을 닮게 하누나!

---

1) 바이런의 작품 〈돈 주앙〉에 나오는 여류시인.

연인들의 술

Le Vin des Amants

오늘은 세상이 찬란도 하다!
재갈도, 박차도, 고삐도 없이
말타듯 술을 타고 떠나자꾸나
거룩한 꿈나라 하늘을 향하여

열병같이 지독한 환각으로
괴로워하는 두 천사처럼
수정처럼 맑고 푸른 아침에
아득한 신기루를 따라가자꾸나!

분별 있는 회오리바람의
날개를 타고 두둥실 흔들거리며
너와 나 똑같은 환희 속에서

누이여! 나란히 헤엄치면서
한시도 쉬지 말고 날아가자꾸나
내 몽상의 천국을 향하여!

악의 꽃들

Fleurs du Mal

파 괴

La Destruction

언제나 내 곁에는 '악마'가 우글거려
만져지지 않는 공기처럼 내 주위를 감돈다
내가 놈을 삼키면, 내 허파는 타는 듯하고
영원한 죄악의 욕망으로 꽉 차는 듯하다

때때로 놈은 내가 예술을 몹시 사랑하는 줄 알고
둘도 없이 매혹적인 여인으로 둔갑하여
위선적인 그럴듯한 구실을 내세워
내 입술을 더러운 묘약에 맛들이게 한다

이처럼 하나님의 시선이 닿지 않는
'권태'의 심오한 허허벌판 한가운데로
지쳐서 헐떡이는 나를 이끌고 가서

얼떨떨한 내 눈 속에 던져 넣는다
때 묻은 옷가지와 벌려진 상처
그리고 '파괴'의 피투성이 도구를!

순교받은 여인

이름 모를 어느 대가의 스케치

향수병, 금박 박힌 천, 호사스런 가구들
대리석 상(像)과 그림들
풍성히 주름잡혀 끌리는 향그러운 의상들이
흩어져 있는 가운데

온실 안처럼 탁하며 불길한 분위기 감돌고
시들어 가는 꽃다발이
유리관 속에서 마지막 제 탄식 내뿜는
미지근한 방 안에

머리 없는 송장 하나, 생생한 붉은 피를
강물처럼 흥건하게
젖은 베개 위로 쏟아내면 베갯잇은 목마른 초원처럼
그 피를 빨아 먹는다

어둠에서 태어나 우리 눈을 붙들어 매는
파리한 환영처럼
그 머리, 한다발의 검은 머리채에
진귀한 보석을 달고

침대 옆 탁자 위에, 미나리아재비처럼 쉬고 있고
황혼처럼 뿌옇고 막연한 시선이 허망하게
뒤집힌 눈에서 새어 나온다

침대 위에는 스스럼없이 벗어 버린 알몸
자연이 선사한
은밀한 광채와 숙명적인 아름다움을
온통 드러내 펼쳐 보인다

금빛으로 가를 두른 장밋빛 긴 양말
추억인 양 종아리에 걸려 있고
양말 대님 타오르는 은밀한 눈동자처럼
금강석 시선을 던진다

몸매며 시선이며 선정적이고
고독에 잠긴 나른한 그 큰 초상화와
이 야릇한 모습은
음흉한 애욕을 불러일으킨다

또한 죄많은 기쁨과 극성스런 입맞춤 가득한
괴상한 축제를
악의 천사 벌떼 지어 휘장의 주름 속을
즐겁게 헤엄쳐 갔을 그 축제를

하지만 알맞은 대조의 윤곽 드러낸 그 어깨의
맵시 있게 야윈 모습과
뾰족한 듯한 둔부와 배암처럼 팔팔한
허리를 보며는

그녀는 아직 꽤 젊었구나! 산산히 찢어진 영혼과 권태
에 시달린
그녀의 관능은
타락하여 방황하는 굶주린 색골들에게
살며시 열어주었는가?

살아서 너를 그토록 사랑했건만 그 갈증 풀어 주지 못한
한 많은 사나이가
힘없이 응해 주는 네 육체 위에 제 욕망
한없이 채웠는가?

대답해 보라, 추잡한 송장이여! 그가 네 굳어 버린 머
리채를 움켜쥐고
열 오른 팔로 너를 끌어당겨
네 차가운 이빨 위에 마지막 고별의 키스라도 했던가?
말해 봐, 끔찍스런 대가리여

―비웃는 세상과, 멀리 치사한 무리들과
멀리 호기심 많은 관리들과

멀리 평안히 고히 잠자라
네 신비로운 무덤 속에서 괴상한 계집이여

네 남편은 세상을 돌아다녀도, 네 불멸의 형상은
잘 때도 그 곁을 지켜 주니
그도 아마 너처럼 죽도록 변함없이 너에게 충실하리라

천벌받은 여인들

Femmes damnées

명상하는 가축처럼 모래 위에 드러누워
그 여자들은 저 먼 수평선에 눈을 돌린다
발은 서로를 찾고 마주 잡은 손에는
감미로운 우울과 쓸쓸한 전율이 있다

어떤 여자는, 장황한 고백에 마음이 끌려
시냇물이 조잘대는 수풀 속 깊이 들어가
겁많은 어린 시절의 사랑하는 이의 이름을
어린 관목의 초록빛 나무에 새겨 놓는다

또 어떤 여자는
수녀들처럼, 성 앙투안느가
그를 유혹하던 벌거숭이 자줏빛 젖통이
용암처럼 솟아났다는 허깨비 가득한 바위를 가로질러
유유히 엄숙하게 걸어가고 있다

흘러내리는 송진의 희미한 불빛에
낡은 이교도적 동굴의 말없는 구멍 속에서
열정적인 울부짖음으로 그대의 구원을 호소하는 여자

도 있다
　오, 바커스, 옛날의 회한을 잠재워 주는 이여!

또 어떤 여자들은, 즐겨 넓은 목도리를 걸치고
기다란 그 옷자락 밑에 채찍을 감추고 다닌다
호젓한 밤, 으슥한 숲속에서
고통의 눈물과 쾌락의 거품을 섞는다

오, 처녀들, 악마들, 오, 괴물들, 순교자들이여
현실을 무시하는 위대한 영(靈)들이여
무한을 찾는 여인들이여, 광신자들과 색마들이여
때론 무섭게 고함치고, 때론 눈물짓는 그대들

지옥까지도 내 영혼 쫓아 내려간 그대들이여
불쌍한 누이들이여, 나는 그대들을 동정하는 만큼 사
랑한다
그건 그대들의 생기 가신 번민, 채울 수 없는 갈증
그대들 가슴에 들어찬 무한한 사랑의 항아리 때문이지!

사이좋은 자매

Les deux Bonnes Soeurs

'방탕'과 '죽음'은 사랑스런 두 자매
입맞춤 아끼지 않고 건강미 넘치는
언제나 처녀인 그녀들의 옆구리는 누더기를 둘렀고
영원한 노동에도 잉태하지 않는다

가정의 원수, 지옥의 귀염둥이
부자와는 담을 싼 신하, 불길한 시인에게
무덤과 창가 그들 소사나무 아래서
한번도 후회가 찾아온 적 없었던 침대를 가리킨다

그리고 모독으로 가득 찬 관과 규방은
사이좋은 자매처럼, 번갈아 우리에게 안겨 준다
끔찍한 쾌락과 소름 끼치는 안일을

언제 날 묻을 텐가, 더러운 팔뚝 가진 '방탕'이여?
또, 너, 매력의 적수, 오, '죽음'이여, 언제 와서
그의 흉측한 도금양에 네 검은 실편백을 접붙이려니?

피의 샘

La Fontaine de Sang

이따금 나는 느낀다 콸콸 내 피가 흘러내림을
장단 맞춰 흐느끼는 샘물과도 같이
긴 속삭임으로 피 흐르는 소리 잘도 들리나
아무리 더듬어 봐도 상처는 찾을 수 없다

결투장에서처럼, 도시를 가로질러
내 피는 흘러간다, 포석을 작은 섬으로 만들고
온갖 창조물의 갈증을 풀어 주고
도처의 여기저기 자연을 빨갛게 물들이면서

때때로, 나는 취해 오는 술에 나를 파고드는 공포를
하루라도 잠재워 달라고 애원했지만
술은 내 눈과 귀를 더욱 또렷하게 해줄 뿐

사랑 속에 망각의 잠을 찾기도 하였으나
사랑은 나에겐 몰인정한 계집들에게
빨리기 위해 만들어진 바늘 방석일 뿐!

우의(寓意)

Allégorie

그것은 술잔 속에 제 머리칼을 적시게 둔
풍성한 목덜미의 아름다운 여인이다
애정의 손톱 자국도, 화류계의 독소도 모두
화강암 살결에선 미끄러지고 무너진다
그녀는 죽음을 비웃고 방탕을 코웃음친다
언제나 할퀴고 베어 넘기는 손이나
제 파괴적 놀이에서, 그녀의 꼿꼿한 몸에서 풍기는
야성적인 위엄에 존경을 바친 그 괴물들
그녀는 여신처럼 걷고 회교국 왕비처럼 쉬고 있다
쾌락에 있어서는 회교도의 신앙을 갖고
활짝 벌린 두 팔 안에, 젖통을 가득 안고서
인간족(人間族)을 눈으로 부른다
비록 석녀이지만 세상이 돌아가는 데 필요한 처녀
그녀는 믿고, 그녀는 알고 있다
육체의 아름다움은 신이 주신 선물로
그것은 온갖 파렴치도 용서받을 수 있다고
그녀는 '지옥'도 '연옥'도 알지 못한다
그래서 어두운 '밤' 속으로 들어갈 시간이 오면
'죽음'의 모습을 바라보리라
갓난애를 바라보듯—증오도 후회도 없이

베아트리체

La Béatrice

검게 타서, 풀도 없는 재투성이 땅 속에서
정처없이 헤매다
어느 날 자연을 향해 분통을 터뜨리며
내 생각의 칼날을 내 가슴 위에서 천천히 갈고 있을 때
나는 보았다, 대낮인데도 내 머리 위에
폭풍우 안은 불길한 먹구름이
잔인하고 호기심 많은 난쟁이를 닮은
한 무리 음탕한 악마들을 싣고 오는 것을
냉담하게 나를 바라보기 시작하더니
길 가던 행인들이 미치광이 구경하듯
사뭇 눈짓과 몸짓 주고받으며
서로들 킬킬대고 소곤대는 소리를 들었다

—저 만화 서서히 구경하자구
저 꼴 좀 보지, 햄릿 같잖은가
흐릿한 눈빛에, 바람에 나부끼는 머리칼에
보기에도 몹시 가엾지 않은가, 저 호인
저 거지, 저 놀고 먹는 어릿광대, 저 괴짜
그 치는 제 구실을 교묘하게 해내는 줄 알고

제 고통을 담은 노래에 관심을 끌려들고
독수리, 귀뚜라미, 시냇물과 꽃들
그 낡아빠진 술책의 장본인인 우리들에게까지도
울부짖는 소리로 제 공공연한 장광설을 늘어놓으려 든다
(나는 자존심도 산처럼 높아 구름과 악마들을 초월하
므로)

나는 단순히 내 지고의 머리를 돌릴 수 있었으리라
만일 내가 그 음탕한 악마의 무리 가운데
―태양마저 비틀거리게 한 죄악 앞에―
세상에도 기이한 시선을 가진 내 마음의 여왕이
그자들과 더불어 내 어두운 비탄을 비웃고
이따금 그들에게 치사스런 애무를 쏟는 것을 보지만
않았더라면

시테르 섬으로의 여행

Un Voyage à Cythére

내 마음, 한 마리 새처럼, 즐거이 날아
밧줄 둘레를 자유로이 돌고 있었다
배는 구름 없는 하늘 아래서 달리고 있었다
마치 찬란한 햇빛에 취한 천사처럼

저 어둡고 쓸쓸한 섬은 무엇인가? —사람들이 말하기를
그건 시테르 섬, 노래로도 유명한 고장
노총각들 누구나 꿈꾸는 진부한 '황금의 나라'
그런데 보시오, 이제는 가난한 땅이 아니오

달콤한 비밀과 마음의 향연의 섬이여!
고대 비너스의 희한한 유령이
향료처럼 너의 바다 위에 감돌고
사랑과 시름으로 정신을 채운다

초록빛 도금양과, 활짝 핀 꽃들로 가득하고
은 백성들로부터 영원무궁 숭배받던 아름다운 섬이여
거기엔 찬양으로 타오르는 가슴들의 한숨이
장미원의 향기처럼, 아니 산비둘기의

영원한 울부짖음처럼 울려 퍼지누나!
—하나 시테르는 이제 더없이 메마른 땅
날카로운 고함 소리에 흔들린 자갈투성이의 황무지
하지만 나는 얼른 보았다. 이상야릇한 것을!

꽃을 사랑하는 젊은 여승이
남모를 열정에 몸이 달아서
스쳐 지나가는 미풍에 옷자락 펄럭이며 찾아간 곳은
숲 그늘에 감싸인 신전은 아니었다

우리의 하얀 돛이 새들을 놀래 줄 만큼
가까이 바닷가를 스쳐 갈 때 우리가 본 것
그것은 가지가 세 개 달린 교수대
삼나무처럼, 시커멓게 하늘에 우뚝 솟아 있었다

사나운 새들 먹이 위에 올라앉아서
이미 썩은, 목매어 죽은 자를 미친 듯이 부수고
피투성이 부패물 구석구석에
저마다 더러운 부리를 연장인 양 처넣고 있었다

눈은 두 개의 구멍이 되고, 파먹힌 배때기에서
묵직한 창자들이 제 허벅지까지 흘러내리고
끔직스런 진미(珍味)로 목구멍까지 채운, 그 망나니들은
부리로 계속 쪼아 완전히 그를 거세해 버렸다

발 아래서는, 새들을 시샘하는 네 발 짐승 떼가
주둥이 치켜들고, 어슬렁어슬렁 돌아다니고
한가운데는 제일 큰 짐승 한 마리가
제 몸종 거느린 집행관처럼 건들거리고 있었다

시테르의 주민1)이여, 그처럼 아름다운 하늘의 아이여
말없이 그대는 그 같은 모욕 견뎌 내고 있었다
치사스런 의식을 속죄하느라고

우스꽝스런 교형자여, 그대의 고통이 바로 나의 고통!
떠돌아다니는 그대의 사지를 보며
나는 느꼈노라, 옛날의 쓰라린 고통이 긴 강물이 되어
구역질처럼 내 이빨을 향해 올라옴을

그처럼 정다운 추억 지닌 가엾은 악마, 그대 앞에서
나는 느꼈다, 쪼아대는 까마귀 떼와 검은 표범 떼들의
모든 부리와 모든 턱주가리를
그 치들은 그 옛날 내 살 짓씹기를 얼마나 좋아했던가

---

1) 목매어 처형된 교형수를 말함.

사랑의 신과 해골

L'Amour et le Crâne

유행에 뒤진 장말(章末) 컷

'사랑의 신'이 '인류'의 두개골 위에
앉아 있다
그 옥좌 위에서 그 불결한 녀석
건방지게 웃어대며

비눗방울 즐거웁게 불어서
공중 높이 올려 보내니
다른 세상이라도 만나려는 듯이 솟아오른다
구중천 깊숙이

반짝반짝 빛나는 가냘픈 비눗방울
훨훨 날다가
툭 터져 토한다, 제 약한 마음을
황금의 꿈과도 같이

나는 듣는다 방울 하나하나에 애원하며
부르짖는 두개골 소리를
―이 야박하고 심술궂은 장난
언제나 끝나려오?

네 잔인한 입이 공중에 뿌리는 것은
무모한 살인자여
그건 바로 내 피와 내 살
그리고 내 머릿골인걸!

네 잔인한 입이 공중에 뿌리는 것은
무모한 살인자여

반 항

Rèvolte

성 베드로의 부인(否認)1)

Le reniement de Saint Pierre

제 사랑하는 수천사(首天使)를 향해 날마다 올라오는
그 저주의 물결을 대관절 하나님은 어찌하실까?
고기와 술로 포식한 폭군처럼
우리의 끔찍한 저주 음악처럼 들으시며 그는 잠드셨다

순교자와 사형수들의 목메어 우는 소리는
아마도 그를 취하게 하는 교향곡인가
그들의 쾌락을 위해 그토록 비싼 피를 흘렸는데도
하늘은 아직도 그것으로 반복하지 않으니!

—아! 예수여, 그대는 '감람나무 동산'을 기억하라!
멋모르는 살인자들이 그대의 몸에 못박던
그 망치 소리 들으면서 하늘에서 웃고 있던 자에게
당신은 순진하게도 무릎을 꿇고 기도드렸다

악당 같은 위병과 요리사들2)이
거룩한 그대의 몸에 침 뱉는 것을 보고

---

1) 성 베드로가 예수를 부인한 것. 〈마태복음〉 제26장, 〈요한복음〉
   제18장을 볼 것.
2) 〈마태복음〉 제27장 참조.

무한한 인간성 깃든 그대 머릿속에
가시관이 박히는 것을 그대가 느꼈을 때에

산산이 찢어진 그대 육신의 그 끔찍한 무게
두 팔을 축 늘어뜨리고
핏기 가셔 가는 그대의 이마에서 피와 땀이 흘러내리고
만인 앞에 그대가 과녁처럼 놓여졌을 때

그대는 꿈꾸고 있었던가, 그 아름답던 찬란한 날들을
영원한 약속을 하시러 오시던 그날
순한 암나귀 타고, 꽃과 나뭇가지로
온통 덮인 길을 밟고 오시던 그날3)
희망과 용기로 가슴은 잔뜩 부풀어
모든 야비한 그 장사꾼들을 힘껏 몰아치던 날
드디어 그대가 주(主)가 되시던 그날을?
회한이 그대 옆구리에 창보다 더 깊숙이 파고들지 않
았던가?

―물론, 나로 말하자면 나는 떠나가리라
행동이 꿈의 누이가 아닌 세상에 만족하면서
칼을 휘둘러 칼로 말할 수 있었으면!
성 베드로는 예수를 부인하였지
……잘한 일이야!

---

3) 〈마태 복음〉 제21장 참조.

아벨과 카인

Abel et Caïn[1]

I

아벨족이여, 자고 마시고 먹어라
하나님은 만족하여 네게 미소짓는다

카인족이여, 진창 속을
기어 다니다 비참하게 죽어라

아벨족이여, 너의 제물이
수천사(首天使)의 코를 기쁘게 하는구나!

카인족이여, 너의 형벌은
결코 끝이 없으려나?

아벨족이여, 보라 네가 뿌린 씨와
가축이 풍성해 가는 것을

카인족이여, 네 창자는
늙은 개처럼 배고픔을 호소한다

아벨족이여, 네가 가장인 가정에서

---

1) 아벨과 카인에 관해서는 〈창세기〉 제4장을 볼 것. 그러나 〈창세기〉
　 에서는 아벨은 농부이고 카인은 유목 유랑인으로 나와 있다.

네 배를 따뜻이 데워라

카인족이여, 네 동굴 속에서
추위로 떨어라, 가련한 이리여

아벨족이여, 사랑하고 우글거려라!
너의 황금 또한 새끼를 친다

카인족이여, 가슴은 불타지만
그 큰 욕망에 조심하여라

아벨족이여, 숲속의 벌레들처럼
번식하며 새싹을 뜯어 먹는구나!

카인족이여, 네 가족 이끌고
길을 헤매다 궁지에 빠져라

Ⅱ

아! 아벨족이여, 너의 송장으로
김나는 땅을 기름지게 하여라!

카인족이여, 네 수고가
흡족히 끝나긴 아직 멀었다

아벨족이여, 너의 수치 여기에

쇠창이 엽창에 졌도다[2]!

카인족이여, 하늘에 올라가
땅 위에 던져라 하나님을!

---

2) 쇠창은 농부인 아벨을 상징하고, 엽창은 수렵자인 카인을 상징한
   다. 보들레르는 반항하는 무산자의 승리를 예고하고 있다.

사탄의 연도(連禱)

Les Litanies de Satan

오, 그대, 천사들 중 가장 유식하고 가장 아름다운 그대
운명에 배신당하고 찬양을 빼앗긴 신
오, 사탄, 내 오랜 비참을 불쌍히 여겨 주옵소서!

오, 귀양살이 왕자여, 사람들에게 오해받고
패배당하고도, 항상 더 굳세게 일어나는 그대[1]

오, 사탄, 내 오랜 비참을 불쌍히 여겨 주옵소서!

모든 걸 아시는 그대, 지하의 것들을 다스리는 대왕
인간의 고민을 정통으로 고쳐 주는 그대[2]

오, 사탄, 내 오랜 비참을 불쌍히 여겨 주소서!

문둥이들에게도, 저주받은 천민들에게도
사랑으로 천국의 맛을 알게 하시는 그대

---

1) 사탄은 죄수, 패배자, 귀양살이. 이들은 패배를 받아들이지 않는다.
2) 사탄은 왕국에 대한 증오심, 다시 말해서 행복과 미에 대한 증오
   를 주는 것이 아니라 오히려 그것들에 대한 욕망을 길러 준다. 이
   러한 갈망은 곧 사랑이다.

오, 사탄, 내 오랜 비참을 불쌍히 여겨 주소서!

그대의 강한 옛 연인, 죽음으로
희망를 탄생케 하는 그대[3) —매혹적인 광녀여!

오 사탄, 내 오랜 비참을 불쌍히 여겨 주소서!

교수대 둘러싼 한 무리를 매도하는
차분하고 거만한 눈길을 죄수에게 던지는 그대[4)

오, 사탄, 내 오랜 비참을 불쌍히 여겨 주소서!

탐스런 땅 어느 구석에 시샘 많은 신이
보석들을 감추어 두었는가 알고 있는 그대[5)

오, 사탄, 내 오랜 비참을 불쌍히 여겨 주소서!

수많은 보석들이 파묻혀 잠자는
깊숙한 보고를 그 밝은 눈으로 알아 내는 그대

오, 사탄, 내 오랜 비참을 불쌍히 여겨 주소서!

---

3) 욕망은 오직 결핍에서 태어난다.
4) 단두대 위에 선 사형수는 자기의 죽음을 구경하는 사람들의 심판
   관이라고 할 수 있다.
5) 전통적으로 땅 속에 파묻힌 보석을 찾아 내는 것은 악마의 힘에
   의해서이다.

고층 건물 가장자리 헤매는 몽유병자에게
그 큰 손으로 절벽을 가려 주는 그대6)

오, 사탄, 내 오랜 비참을 불쌍히 여겨 주소서!

미처 못 피해 말굽 아래 짓밟힌 주정뱅이의
늙은 뼈를 용하게도 유연하게 만드는 그대

오, 사탄, 내 오랜 비참을 불쌍히 여겨 주소서!

신음하는 연약한 인간 위로하려고
초석과 유황의 배합을 우리에게 가르쳐 준 그대7)

오, 사탄, 내 오랜 비참을 불쌍히 여겨 주소서!

매정하고 비천한 거부(巨富)의 이마에
그대의 낙인 찍어 준 그대, 오, 교묘한 공범자8)

오, 사탄, 내 오랜 비참을 불쌍히 여겨 주소서!

아가씨들 눈속에 마음속에
상처의 예배와 누더기의 사랑을 넣어 준 그대

---

6) 심연의 왕자 악마는 몽유병자의 보호자이다.
7) 총의 화약 또는 폭탄.
8) 부자에 대한 시인의 증오.

오, 사탄, 내 오랜 비참을 불쌍히 여겨 주소서!

망명자의 지팡이, 발명가의 등불
교형자와 음모자의 고해 신부

오, 사탄, 내 오랜 비참을 불쌍히 여겨 주소서!

하나님 아버지가 몹시 화가 나셔서
지상 낙원에서 쫓아낸 자들의 양부(養父)9)

오, 사탄, 내 오랜 비참을 불쌍히 여겨 주소서!

기　도

사탄, 그대에게 영광과 찬양 있으라
그대가 다스리는 '하늘' 높은 곳에서나
패배하여 소리없이 그대 꿈에 잠기는 '지옥' 깊은 곳에
서나!
언젠가 내 영혼 '지식의 나무' 아래, 그대 곁에서
쉬게 하여 주소서
그대의 이마 위에
새로운 신전처럼 그 가지들이 우거질 시각에!

---

9) '하나님 아버지'는 거짓된 정의의 하나님. 거짓된 질서의 하나님으
　로 항상 가난한 자에 반대해서 부자의 편에 서고, 강자를 두둔하는
　하나님이다.

죽 음

La Mort

연인들의 죽음

La Mort des Amants

우리는 향유하리, 가벼운 향기 가득 찬 침대
무덤처럼 깊숙한 긴 안락의자들
선반 위에 놓인 야릇한 꽃들
더한층 아름다운 하늘 아래서 우리들 위해 피었으리

마지막 열을 다투어 쏟으며
우리의 두 가슴, 두 개의 큰 횃불 되어
우리의 두 마음, 그 쌍둥이 거울 속에
그 두 겹의 불빛을 비춰 주리라

장밋빛과 신비스런 푸른빛 도는 저녁
우리는 서로 다시 없는 불꽃을 나누리
고별을 아쉬워하는, 애절한 긴 흐느낌처럼!

뒤이어 한 천사, 문을 살머시 열고
들어와 즐거워하며
정성껏 흐린 거울과 죽은 불꽃을 되살려 내리라

가난뱅이의 죽음
La Mort des Pauvres

슬프도다! 우리를 위로하고 살게 해주는 건 '죽음'
그것은 생의 목적, 그것은 유일한 희망
묘약처럼 우리 몸에 들어가 우리를 취하게 하여
저녁때까지 살아갈 마음 우리에게 준다

폭풍이 불어도, 눈이 내려도, 서리가 와도
그것은 어두운 우리의 지평선에서 깜박거리는 불빛
그것은 저서에도 나와 있는 이름난 주막
사람들은 거기서 먹고, 자고, 쉴 수 있으리라
그것은 자력(磁力) 가진 손가락 속에
잠과 황홀한 꿈의 선물 움켜진 '천사'
가난하고 헐벗은 사람들에게 잠자리를 만들어 준다

그것은 제신(諸神)의 영광이요, 신비로운 곳간
그것은 가난뱅이의 지갑이요, 해묵은 고향
미지의 '하늘 나라' 향해서 열려진 주랑!

예술가의 죽음
La Mort des Artistes

몇 번이나 내 방울 흔들며 네 숙인 이마에
입을 맞추어야 하나, 시름겨운 풍자화여?
신비로운 본질을 과녁에 맞히어 꽂기 위해[1]
오, 내 화살통이여, 얼마만큼의 투창을 잃어야 하나?

우리는 교묘한 음모[2]에 우리 영혼 상케 하고
숱한 뼈대[3] 만들어서 헐으리라
그 가혹한 욕망 우리를 흐느끼게 하는
저 위대한 '창조물'[4]을 바라다보기 전에!

그들의 '우상'을 영영 알지 못한 사람도 있고
가슴과 이마를 치며 괴로워하는
모욕의 낙인 찍힌, 저 저주받은 조각가들

---

1) 보들레르에게 있어서 예술가는 외관(外觀)을 재현하는 것이 문제
   가 아니고, 그 너머에 도달하는 것이다.
2) 꿈에 형상을 주는 수단을 찾기 위한 예술가의 술책을 말한다.
3) 영상(影像)의 내부 뼈대.
4) 영상 속에 구현된 미를 가리키는 것이 아니라, 앞에서 말한 본질
   을 가리킨다. 눈에 보이는 형상은 이 '본질'의 일시적인 발현에 불
   과하다.

그들의 희망은 오직 하나, 기이하고 어두운 신전이여!
그것은 죽음이, 새로운 태양처럼 떠올라
그들 두뇌의 꽃들을 활짝 피우게 하는 것!

하루의 종말

La Fin de la Journée

어슴푸레 햇빛 아래
삶이, 뻔뻔스레 떠들며
이유 없이 뛰고, 춤추고, 몸을 비튼다
그리하여 이윽고 지평선에서

쾌락의 밤 솟아올라
허기마저도 다 가라앉히고
수치마저도 다 지워 버릴 때
시인은 중얼거린다

"마침내! 내 정신은, 내 등뼈처럼
열렬히 휴식을 갈구한다
서글픈 공상 가슴 가득히

나는 등을 대고 드러누워
네 적막 속에 잠기련다
오, 시원한 어둠이여!"

어느 호기심 많은 자의 꿈
Le Rêve d'un Curieux
F. N.에게[1]

그대도 나처럼 향기로운 고통을 알고 있는가
그리고 그대 보고 '오! 괴상한 사내!'라는 말을 들어보
았는가
—나는 죽어가고 있었다. 그것은 들뜬 내 마음속에 있는
하나의 감지할 수 없는 아픔, 공포 어린 욕망

주체할 수 없는 불안과 강렬한 희망이었다
숙명적인 모래, 시계 자꾸 비어 갈수록
내 괴로움 더욱더 쓰라리고 감미로웠다
내 마음은 온전히 친근한 세상에서 빠져나왔다

구경 거리 찾는, 호기심 많은 아이처럼 사람들이
장애물을 싫어하듯 막을 저주하는 나……
이윽고 차가운 진실이 모습을 드러냈다

나는 이미 죽어 있는데도 놀라지 않았다
무서운 새벽이 나를 에워싸고 있었는데도

—'뭐라구' 그래 요것뿐이라고?
꿈의 막은 걷히었지만, 나는 아직도 기다리고 있었다

---

1) 1820~1910. 펠릭스 나다르를 가리킴. 보들레르의 친구.

여 행

Le Voyage

막심 뒤캉[1]에게

I
지도와 판화를 사랑하는 어린이에게는
우주는 왕성한 식욕의 대상
아! 등잔불에 비친 세계는 얼마나 광대한가!
추억의 눈에 비친 세상은 얼마나 작은가!

어느 날 아침 우리는 떠난다. 열정에 찬 머리!
원한과 쓰라린 욕망으로 서글픈 마음을 하고
그리고 우리는 간다, 선율적인 물결을 따라
끝없는 바다 위에 우리의 무한한 마음 흔들어 주며

어떤 사람은 소란스런 조수 빠져나감을 기뻐하고
어떤 사람은 끔찍스런 요람에서, 또 어떤 사람은
여자의 눈에 빠진 점성가들은, 위험한 향기 품은
폭군 같은 시세르[2]에게서 달아남을 즐거워한다

짐승으로 변신되지 않으려고 그들은 도취한다
공간과 햇빛, 그리고 타오르는 하늘에

---

1) 뒤캉(1822~94)은 여행가로 이름난 사람으로 진보주의자, 민주
  주의자, 과학자를 신뢰하는 사람이었다.
2) 호모의 ≪오디세이아≫ 제10가(歌)에 나오는 마녀.율리시스를 제
  곁에 두기 위해 그의 부하들을 돼지로 변하게 했다.

살을 에는 얼음과 구릿빛으로 빛나는 햇빛은
입맞춤의 자국을 서서히 지워 간다

그러나 참다운 여행자들은 오직 떠나기 위해
떠나는 사람들 가벼운 마음으로 풍선처럼
주어진 숙명에서 결코 빠져나가지 못하면서
무작정 언제나 가자!라고 말한다

그들의 욕망은 구름의 형태를 하고
대포를 갈망하는 신병처럼 꿈꾼다
인간 정신이 일찍이 그 이름 알지 못한
저 미지의 변덕쟁이, 무한한 쾌락을!

Ⅱ

아뿔싸! 우리는 빙글빙글 도는 팽이와 튕겨 오르는 공을
흉내내고 있구나 잠들어 있을 때조차도
호기심은 우리를 괴롭히고 우리를 굴리어 간다
태양을 채찍질하는 잔인스런 천사처럼

목표가 항상 바뀌는 얄궂은 운명
아무 데도 없는가 하면, 어디에고 있을 수 있지!
인간은 절대로 지치지 않는 희망을 안고
휴식을 찾아 미친 녀석처럼 계속 달린다

우리의 영혼은 이카리3) 섬 찾아가는 돛대 세 개 달린 배

하나의 목소리가 갑판 위에 울린다 '눈을 떠라!'
미쳐 날뛰는 열렬한 목소리가 장루에서 외친다
'사랑……영광……행복!' 지옥행이로군! 암초로구나!

망보는 사나이가 신호를 해주는 섬들은
모두 운명에 의해 약속된 '황금의 나라'
축제의 기를 쳐드는 '공상'이
아침 햇빛에 찾아 낸 건 암초일 뿐

오, 환상적인 나라를 사랑하는 가엾은 사나이여!
녀석을 사슬에 묶어 바다에 던져야 할까
신기루가 심연을 깊게 만드는
저 주정뱅이 뱃사공, 아메리카 발견자를?

늙어빠진 집시처럼, 발은 진창을 밟으면서
코를 공중에 쳐들고 찬란한 천국을 꿈꾼다
마술에 걸린 그의 눈은 카푸아4) 도시를 발견하고
어디에서고 촛불이 빈민굴을 비춰 준다

Ⅲ

놀라운 여행자여! 바다처럼 깊숙한 그대들의 눈 속에서

---

3) 에피엔느 카베가 그의 저서 ≪이카리 섬에의 여행≫에서 묘사한
   이상향.
4) 이탈리아의 도시. 이곳을 점령한 한니발과 그 장병들이 환락에 빠
   져 나약해졌다는 도시.

얼마나 고귀한 이야기를 우리는 읽어 내는가!
 그대들의 풍요한 기억을 담은 보석 상자 우리에게 보
여다오
 별과 대기로 만들어진 그 신기한 보석들을

우리는 증기도 돛도 없이 여행하고파!
우리의 권태로운 이 감옥을 즐겁게 하기 위해
화포(畵布)처럼 펼쳐진 우리의 정신 위에
수평선을 그림틀 삼아 그대들의 추억 펼쳐 놓아다오

말해 주렴, 그대들이 본 것은 무엇인가?

                    IV
우리는 보았네
별과 물결과 모래밭을
숱한 뜻밖의 재난과 충격에 부딪치면서도
우리는 권태를 털어 내지 못했다, 여기서처럼

보랏빛 바다 위의 태양의 영광
석양 속에 잠든 도시의 영광
우리의 가슴속에 불안한 열정 불태워서
매혹적인 석양의 하늘 속에 우리를 잠기게 한다

제아무리 호사스런 도시도, 아무리 웅장한 경치도
구름이 무심히 만들어 내는 것들의

저 신비로운 매력엔 비길 수 없었고
언제나 욕망은 우리를 소심하게 하누나!

—향락은 욕망에 힘을 북돋워 준다
욕망, 쾌락을 거름하여 자라는 늙은 나무여
네 껍질은 살이 쪄 딱딱해져도
네 가지는 태양을 더욱 갈망하는구나!

너는 줄곧 커지기만 할테냐, 실편백보다
더 검질긴 큰 나무여! —하나 우리는 정성들여
욕심 많은 그대들의 사진첩 위해 몇 장의 스케치를 모
아 두었다
먼 나라의 것이라면, 무엇이고 아름답게 여기는 형제
들이여!

우리는 코끼리 코를 가진 우상에 절을 하였고
찬란한 보석으로 장식한 옥좌에도 절을 하였다
신화 속의 휘황찬란한 궁궐들은
그대들의 재벌에겐 파산의 꿈이 되고

눈을 황홀케 하는 의상들
이빨과 손톱 물들인 아낙네들
그리고 뱀이 애무하는 교묘한 요술쟁이가 되리

　　　　　　V
그리고, 또 그리고는?

　　　　　　VI
오, 유치한 인간들이여!

가장 중요한 일을 기억하고자
굳이 찾아다니지 않았건만, 우리는 도처에서 보았다
숙명적인 사닥다리 위에서 아래까지
불멸의 죄악에 시달리고 있는 광경을

아낙네는 비천한 노예, 교만하고 어리석어
심각하게 제 몸을 숭배하고, 혐오 없이 제 몸 사랑했고
사내는 탐욕스런 폭군, 방탕하고 지독하고 욕심이 많아
노예 중의 노예요, 하수도에 흐르는 구정물

아마추어 사형 집행인, 흐느끼는 순교자
피로 양념치고 맛을 내는 잔치
독재자를 약올리는 권력의 독약
또한 휘두르는 채찍을 사랑하는 백성

우리의 종교와 비슷한 여러 가지 종교들
모두가 하늘로 기어오르고
성령은 깃털의 잠자리 속에서 뒹구는 성미 까다로운
자처럼

수난과 고행 속에서 쾌락을 찾고

수다스런 인류는 제 재주에 취하여
예나 지금이나 변함없이 어리석어
미칠 듯한 고뇌 속에서 하나님께 외친다

"오, 나의 동류, 내 주여, 나는 그대를 저주하노라?"
'치매'를 몹시 사랑하는, 그래도 덜 어리석다는 자들은
'운명'에 의해 울 안에 갇힌 무리들을 피하여
끝없는 아편 속에 피신하였도다!
—이것이 온 지구의 영원한 보고서니라

                   VII
씁쓸한 예지, 이것이 여행에서 얻는 열매인가?
세상은 단조롭고 작아서
오늘도, 어제도, 내일도, 언제나 우리의 모습을 비춰
준다
권태의 사막 속에 있는 소름끼치는 오아시스여!

떠나야 하나? 머물러야 하나? 머무를 수 있거들랑 머
무르려무나
떠나야 하거든 떠나라. 어떤 이는 달리고, 어떤 이는
웅크린다
악착같은 서글픈 원수, 시간을 속이기 위하여!
방황하는 유태인처럼, 또 사도들처럼

아! 쉬지 않고 달리는 사람들도 있다
이 치사한 망투사(網鬪士)를 벗어나려면
그 중에는 제 요람 안에서 그를 죽일 수 있는 이도 있다

드디어 그가 우리 등뼈 위에 발을 올려놓으면
우리는 희망을 가지고 '앞으로'를 외칠 수 있으리라
그 옛날 우리가 중국을 향해 떠나던 것처럼
눈은 바다를 응시하고 머리털은 바람에 날리며

우리는 '암흑'의 바다를 향해 돛을 올리리
젊은 여행자처럼 한없이 즐거운 심정으로
들리는가, 매혹적인 저 구슬픈 목소리의 노래가!
"이리로 오라! 저 향기로운 '로터스'5)
그 열매를 먹고자 하는 그대들이여!
여기가 바로 그대의 마음 굶주려 찾는 기적의 열매 거
두어들이는 곳
이 오후의 기묘한 감미로움에!"

귀에 익은 억양에 우리는 망령인가 여겨 본다
저기 우리의 필라드6)들이 우리를 향해 팔을 뻗는다
"그대 가슴 식히려 그대의 엘렉트라7) 곁으로 헤엄쳐

---

5) 신화에 나오는 열매. 이것을 먹으면 고국을 잊어버린다고 한다.
6) 그리스 전설에 나오는 인물. 오레스트의 친구. 헌신적인 우정의 상
   징.
7) 오레스트의 누나와 동생이 어머니와 그 간부(姦夫)를 죽임으로써
   죽은 아버지인 아가멤논의 원수를 갚는다.

와요!"
  이렇게 속삭인다, 옛날 우리가 그 무릎에 키스하던 여
인이

VIII

  오, '죽음', 늙은 선장, 때는 왔도다! 닻을 올리자!
  이 고장에 우리는 싫증이 났어, 오, '죽음'이여! 출범
준비를 하자!
  비록 하늘과 바다가 먹물처럼 검다 해도
  너도 잘 알다시피, 우리의 마음은 광명에 차 있다!

  네 독소 우리에게 부어서, 우리의 기운을 돋우어 주렴!
  그토록 그 불길에 우리의 두뇌는 타올라
  '지옥'이건 '천당'이건 무슨 상관 있으랴?
  심연 깊숙이 '미지'의 밑바닥에 잠기고 싶다
  새로운 무엇을 찾아 내기 위해!

연　보

1821년　　4월 9일 파리에서 출생
1829년　　아버지(68세) 사망
1830년　　어머니(29세) 오픽 소령과 재혼
1836년　　루이 르 그랑 고등학교 입학
1839년　　고등학교 퇴학 처분받음. 대학입학자격고사 합격
1841년　　의부(義父)가 인도로 보냄
1842년　　아프리카 남단의 부르봉 섬에서 귀국. 고티에, 방빌 등의
　　　　　시인 및 삼류 여배우 잔느 뒤발과 사귐
1844년　　친아버지 유산의 낭비를 막기 위하여 법정 후견인이 지
　　　　　정됨
1848년　　마담 사바티에에게 반함
1856년　　앨런 포의 ≪기괴한 이야기≫ 불역(佛譯)
1857년　　≪악의 꽃들≫ 출판. 책은 팔리지 않고 외설죄로 법정에
　　　　　피소됨. 의부(義父) 사망.
1861년　　≪악의 꽃들≫ 재판
1864년　　벨기에 순회 강연. ≪파리의 우울≫ ≪소산문집(小散文
　　　　　集)≫ 발간
1866년　　벨기에에서 졸도. 반신불수 및 실어증으로 파리에 돌아옴
1867년　　46세로 사망
1868년　　≪악의 꽃들≫ 제3판 출판

옮긴이 약력

이화여자대학교 불문과 졸업 동대학원 수료
프랑스 파리 대학교 불문학 박사
이화여자대학교 불문과 교수

저 서
《프랑스어 숙어집》《프랑스어 문법체계》

역 서
게오르규 《25시》
보부아르 《아름다운 영상》
로맹 롤랑 《베토벤》

악의 꽃들 〈서문문고 253〉

초판 발행 / 1977년 12월 6일
개정판 1쇄 / 1997년 8월 30일
옮긴이 / 김 인 환
펴낸이 / 최 석 로
펴낸곳 / 서 문 당
주 소 / 서울시 마포구 성산동 103-7호
전 화 / 322—4916~8 팩스 / 322-9154
등록일자 / 1973. 10. 10
등록번호 / 제13-16

* 잘못된 책은 바꾸어 드립니다